CONTRAMÃO

Do autor:

O Grito dos Mudos

Henrique Schneider

CONTRAMÃO

2ª edição

BERTRAND BRASIL

Copyright © Henrique Schneider, 2006.
Representado pela Página da Cultura – www.paginadacultura.com.br

Capa: Simone Villas-Boas

Editoração: DFL

2017
Impresso no Brasil
Printed in Brazil

CIP-Brasil. Catalogação na fonte
Sindicato Nacional dos Editores de Livros, RJ

S385c
2ª ed.
	Schneider, Henrique
	    Contramão/Henrique Schneider. – 2ªed. – Rio de Janeiro: Bertrand Brasil, 2017.
	    178p.
	
	    ISBN 978-85-286-1289-9
	
	    1. Romance brasileiro. I. Título.

07-3683	CDD – 869.93 CDU – 821.134.3 (81)-3

Todos os direitos reservados pela:
EDITORA BERTRAND BRASIL LTDA.
Rua Argentina, 171 — 2º andar — São Cristóvão
20921-380 — Rio de Janeiro — RJ
Tel.: (0xx21) 2585-2076 — Fax: (0xx21) 2585-2084

Não é permitida a reprodução total ou parcial desta obra, por quaisquer meios, sem a prévia autorização por escrito da Editora.

Atendimento e venda direta ao leitor:
mdireto@record.com.br ou (0xx21) 2585-2002

"He llegado siempre tarde a todas las edades de la vida, y hasta hoy, cuando me preguntan por mi edad, tiendo a decir que me encuentro entre los veintecinco años y la muerte."

Alfredo Bryce Echenique, *Permiso para vivir*

PORTO ALEGRE, DE MANHÃ

Otávio Augusto despertou às seis e meia, olhos abertos em direção à manhã e as mãos plenas de perspectivas, pulando da cama com ganas de bom dia. Limpou as pálpebras enredadas pelo sono e espreguiçou-se no caminho à ducha que matinalmente o reconduzia à vida. A força da água terminou de acordá-lo, e enquanto ensaboava zeloso todas as partes do corpo ia repassando e definindo as estratégias dos compromissos mais importantes. Minutos depois, limpo e novo, arejado e seco, trazia ao corpo a roupa escolhida na noite anterior, cuidada e impecável, retocando-se ao espelho com a mesma decisão de todos os dias e acreditando que, aos vinte e cinco anos, o sujeito tem toda a vida e muitas possibilidades pela frente.

Vestido e perfumado, como se daquele dia dependessem todos os outros, Otávio buscou no armário da cozinha duas fatias de pão de centeio e colocou-as por instantes na torradeira, apenas para esquentá-las levemente. Enquanto isso, pôs um pouco de água para ferver e pegou o pote de Nescafé e o açucareiro na estante. Tomou o café bem forte e mal açucarado, ao mesmo tempo em que comia as fatias de pão cobertas com pastosas porções de manteiga e pedaços exagerados de queijo magro. Comeu de pé – já passava das sete. Deixou a loucinha em cima da mesa, porque a empregada que lhe arrumava o apartamento há cerca de dois anos – Dorcelina ou Dorcelíria, nunca sabia ao certo – chegaria daí a pouco e era necessário que tivesse o que fazer.

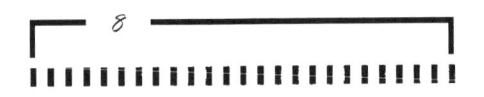

Voltou ao toalete para escovar os dentes e bochechar estas maravilhas verdes e aquosas que prometem hálito de rosas recém-colhidas, enquanto ainda mirava no espelho o reflexo de sua autoconfiança diária e perscrutava os ralos vincos ao redor da boca, na busca de alguma migalha esquecida. Depois, colocou um punhado de gel nos cabelos, apenas para domar-lhes parte das ondas.

Olhou-se no espelho e gostou do resultado. Da mesma forma que seu nome completo – Otávio Augusto Ribeiro de Souza – possuía todas as letras muito bem organizadas e sem qualquer possibilidade de se espalharem além do seu estrito lugar, ele não se permitia andar desarrumado. A ninguém daria a chance de vê-lo com a camisa mal engomada ou para fora da calça, a calça sem combinar com o casaco, o casaco em desacordo com as meias, meias que não se alinhassem à gravata, gravata que não se ajustasse à camisa, a camisa à abotoadura, a abotoadura ao lenço, o lenço às cuecas. A ninguém, do mesmo modo, Otávio Augusto Ribeiro de Souza concederia a licença de vê-lo despenteado, mal afeitado ou sem que estivesse trescalando aroma de lavanda, sem o qual já nem se reconhecia. A imagem, pensava, também é importante para quem tem vinte e cinco anos e planos de muito futuro.

Buscou a pasta na qual guardava os documentos cotidianos, uma ou outra revista de negócios, o necessário revólver, e estava pronto. Um homem de vinte e cinco anos e profissão definida, a vida inteira pela frente e todas as chances do mundo para ganhar dinheiro. E sempre com o olhar para a frente: não se pode nunca voltar atrás.

Antes de sair, resolveu fechar a porta da sacada, e então deu um rápido olhar para a Porto Alegre que, dez andares abaixo, ainda era despertar. Claudia, a cada vez que sentavam de mãos dadas a conversar, suspirava de amor por esta cidade.

(Claudia. Há dois anos estão juntos e ela é a mulher de sua vida. Não porque a ame da forma que ela gostaria de ser amada, mas porque existe aquela idade em que o homem precisa escolher a companheira, alguém com quem partilhar a solidão na velhice – e Otávio acredita que, aos vinte e cinco, já está nesta fase. Está claro que a ama – mas de um jeito meio único, sem graça ou arrebatamento. Quando ela terminar a faculdade, irão casar; Claudia talvez ainda não esteja inteiramente convencida, mas até o final do curso, acredita ele, não terá mais dúvidas. Otávio só não propõe casamento agora porque acha que ambos ainda não estão inteiramente preparados, e para ele é regra sagrada que, das decisões tomadas, não se pode voltar atrás.)

Ela suspirava de amor pela cidade a cada quarta-feira em que namoravam, mãos dadas e certa tristeza inexplicável, sentados na sacada do apartamento. Enxergava o que

Otávio não via: adivinhava a vida correndo pelas ruas, chegando e saindo das casas, derramando-se em direção ao Guaíba que nem sequer conseguiam enxergar, a Redenção, o brique renovando-se em cores e gostos a cada domingo, o Gasômetro redivivo, a Casa de Cultura que acarinhara o Rio Grande homenageando Quintana em vida, a Praça da Alfândega com suas putas e aposentados, campeonatos cotidianos de dama e xadrez, o pôr-do-sol que, dizem, é o mais belo dentre todos do mundo.

Otávio olhava para baixo e enxergava com outro olhar a Porto Alegre ali estendida: era a quase metrópole, junção considerável de prédios e cimento, dinheiro e negócios escorrendo nas salas certas, números e tabelas, percentuais e códigos. Múltiplas possibilidades a quem pretende crescer, e, por isso, a atenção não podia se perder em qualquer beleza desta cidade que, mesmo assim, lhe entrava pelos olhos de forma quase petulante. Deveria, isso sim, concentrar-se no que lhe dizem os livros de administração nos quais, dia após dia, repousa seu futuro. Estendia-se na cadeira da sacada todas as noites, menos quartas-feiras, copo de uísque e um raro baseado na mão, lendo e anotando o que irá lhe garantir o casamento confortável com Claudia, outro apartamento maior num condomínio fechado, a casa de praia, o plano de saúde a buscá-lo de helicóptero em casa, a conta bancária com números sorridentes, a troca do carro todos os anos, o sorriso loiro dos filhos futuros, Miami, as portas abertas.

O relógio alarmou-o, mostrando sete e quinze e gritando que era hora de ir ao trabalho. Otávio Augusto chamou o elevador, cumprimentou a vizinha desconhecida que descia para passear com seu cãozinho e verificou, no espelho do corredor, as ondas grossas dos cabelos que, para o seu gosto, nunca ficavam completamente ajeitadas. Meu pixaim, Claudia dizia quando queria irritá-lo. Na curta viagem ao térreo, tentou recordar se havia esquecido em casa algum documento importante, essencial ao dia – sempre fazia isso neste breve trecho da vida. Método, orgulhava-se ele.

Após certificar-se de não haver esquecido nada, desceu pensando no que mais desejava: a ascensão na metalúrgica, a subida ao poder de decidir. Não que estivesse desconfortável como gerente de negócios na empresa do tio, que assumira tão logo se graduara em Administração de Empresas.

(A metalúrgica ocupa quase todo o tempo de Otávio. Está lá cravando os seus pregos na empresa, tentando convencer o tio da necessidade de modernizar-se e criar o necessário espírito globalizado. Já sugeriu ao velho um desenho básico de reengenharia: despedir vinte por cento dos empregados e deixar em suspenso a situação dos restantes, que certamente irão esfalfar-se até o último suor para garantir-se no trabalho. O tio, a cada vez que falam nisso, olha-o de maneira estranha, como se não entendesse um jovem de vinte e cinco anos usar roupas nas quais a etiqueta vale tanto quanto o tecido, perfumes ainda há pouco impensáveis e carros cujos nomes mal se consegue pronunciar. Está ultrapassado, o tio. Tentando manter o hábito arcaico de saber o nome dos empregados e enfrentando com dificuldade tarefas tão simples quanto um nó na gravata, teima em não dar-se conta de uma verdade inelutável: alguém tem que sobrar neste mundo.)

12

O carro esperava-o tão bonito como sempre. Admirou-o com orgulho, igual fazia todas as manhãs; aquela maravilha mecânica e importada que só faltava responder-lhe ao cumprimento matinal. (Algum dia compraria um que respondesse.). Acionou o chaveiro, e o automóvel acordou, desarmando-se dos alarmes e abrindo as portas ao dono com uma mansidão elétrica que chegava a enternecer Otávio Augusto.

Entrou no carro com o mesmo cuidado de todos os dias e ligou o rádio na Gaúcha para escutar o noticiário. Depois, girou a ignição e sentiu o prazer instantâneo que lhe dava o rosnado dócil do motor, animal indômito domado às mãos de quem o conhecia, o som uniforme de bicho saudável. O carro arrancou em velocidade medida, senhor de todos os espaços, enquanto Otávio Augusto, ao mesmo tempo em que emprestava atenção às informações novas que chegavam de trinta em trinta segundos, repassava outra vez na memória os compromissos mais importantes do dia. Às dez teria reunião com prováveis clientes, que se estenderia até o almoço; às duas da tarde, conversa séria com os vendedores para cobrar-lhes incremento nas metas; às quatro, estudaria a planilha de custos; às cinco, nova conversa com o tio, sempre buscando convencê-lo a modernizar-se; e ao fim do dia, ainda, alguns contatos telefônicos listados. Tudo programado, felicitou-se, tudo afivelado no planejamento.

Só que o bom planejamento de Otávio Augusto não guardava espaço para o imprevisto.

UM INSTANTE EM PORTO ALEGRE

Foi assim.
O semáforo brilhava no amarelo e avizinhava-se do vermelho, percebeu porque a Oswaldo Aranha é quase uma reta e de longe podiam ser vistas as luzes penduradas no meio da rua, vinha a uns sessenta por hora e prestava mais atenção aos compromissos revisados que ao trânsito, o carro sempre pedindo mais velocidade porque, afinal, era importado, aquela potência toda em japonês, entendeu que seria bem possível passar o sinal ainda antes que este fechasse e repousou com mais força o peso do sapato italiano no acelerador, talvez uns oitenta por hora, e se isso podia ser muito para aquele trecho era bem pouco para aquele carro, sempre bom dirigi-lo ultrapassando os outros, isso, uns oitenta por hora, olhou rapidamente o velocímetro e era isso o que marcava, mas estava tudo tranqüilo porque o movimento parecia menor que nos outros dias, aos oitenta passaria o semáforo antes do sinal vermelho e assim ganharia um minuto,

ganhando um minuto sempre que pudesse, e quantos teria ganho até o fim da vida?, era necessário pensar sempre dessa forma, tempo é dinheiro, pressionou ainda outra vez o pé no acelerador, dava bem para passar, por isso se assustou com a freada brusca e ruidosa do carro ao lado, mas não teve tempo para perguntar-se por que teria brecado.

Merda, foi só o que teve tempo de pensar.

A menina e o garoto surgiram do nada, materializaram-se de repente no meio da rua e em frente ao carro, primeiro em rapidez espantosa e depois numa imobilidade suicida, os olhos inteiros de susto e os rostos hirtos de surpresa em direção ao carro que se agigantava em tamanho e peso, corriam ambos para não se atrasarem às aulas que já se iniciavam no Instituto de Educação, dando fogo às pernas para não perderem a campainha, Otávio Augusto buscou a salvação dos freios e não encontrou, o importado não entendeu o que gritavam os pés brasileiros porque pediram tarde demais, apenas manteve a direção muito fixa e escutou o barulho inevitável, baque surdo de um peso morto maculando o brilho metálico do automóvel, e logo depois outro estrondo, tão forte e triste quanto o primeiro, a confusão de pernas e braços roubando-lhe a visão, dois corpos atirados em conjunto desarmônico, o grito de um misturando-se ao estalo dos ossos do outro, livros e cadernos sacudindo o ar num colorido fugaz que se despejava em instantes no negror morno do asfalto, as pastas se rompendo com a mesma complacência dos tecidos, sangue no pára-brisa, faróis em estilhaços, o capô amassado, duas crianças de treze ou quatorze anos com o caminho interrompido, os cabelos do garoto enlameados de vermelho e pó, enquanto o carro o devolvia desmontado ao chão cinzento da pista com a mesma violência com que o levantara, terror arrastando-se em feridas novas na Osvaldo Aranha, tudo tão rápido que ainda nem sentia a dor que mais tarde o endoideceria se tivesse a sorte de sentir dor, Otávio viu-o de olhos fechados num gesto único de proteção, e a menina – a menina –, cotovelo adolescente trincando o vidro com a mesma rapidez com que se trincava, não fossem os estalidos, e se diria que não possuía ossos, pernas e braços em ângulos inalcançáveis, marionete catapultada ao teto, o novo estrondo de lata tangida, as pernas para cima e o rosto de menina ainda se arrastando pelo vidro com expressão de dor e espanto, filete sombrio de sangue escorrendo-lhe pelo nariz, os cabelos amassados sem saber se subiam ou desciam, e os olhos, os olhos que Otávio Augusto tinha grudados em seus próprios olhos, nesta hora em que não sabia nada, e tudo que queria era voltar atrás.

Os olhos da menina eram os olhos da morte.

PELA ESTRADA, NO RIO GRANDE

E agora?
Otávio Augusto olhou para trás e, ao ver o que lhe pareciam apenas dois montes inanes de carne rubra, pensou que havia matado as crianças e estragado para sempre a própria vida. No instante seguinte, viu as pessoas que já corriam em direção às carnes e ao seu carro, pernas ameaçadoras que gritavam estas tolices óbvias que dizemos todos em horas assim, e sentiu medo. Muito medo, o maior que já sentira. Um medo que, se tinha a força de estender-se em direção aos dias e anos que seguissem, era tão mais imperioso e abissal para aquele momento: o medo que lhe batessem, que o linchassem estes gritos cujas vozes se tornavam mais e mais volumosas e que não entenderiam nunca que a culpa era das crianças, o medo de que este dia planejado de reunião importante se transformasse no martírio de algemas, delegacias, prisão, polícia. Otávio sentiu o medo que lhe brotava invencível das entranhas, que nos outros chamaria de covardia, e

este lhe ordenou, sem qualquer voz de razão e muito de desespero, que não ficasse ali para enfrentar aquela situação invencível. Precisava pensar como agir, mandou o medo a Otávio, enquanto se tornavam mais e mais corpóreos os gritos que lhe pareciam tantos. A velocidade do carro pouco diminuíra e ele já havia passado o semáforo. Isso facilitou as coisas. Acelerou o mais que pôde para sair logo dali e pensar no que fazer.

Seguiu pelo resto da Osvaldo Aranha como se fosse um robô veloz, sem qualquer idéia de onde ir a não ser a certeza de que pensaria melhor longe dali. Certeza estranha, secundária à necessidade de fugir – as pessoas chegando para atender os corpos caídos, sempre alguém se lembrando de anotar a placa do automóvel, um só a notar que Otávio não parara ao semáforo e já todos os braços estariam contra ele.

O carro rodou com Otávio Augusto apavorado ao volante e ninguém atinou em segui-lo: o destino tem seus caprichos. Otávio prosseguiu até o fim, dobrou naturalmente em direção ao Túnel da Conceição, as pistas mais ou menos cheias e sempre algum débil mental buzinando para ouvir o eco e piorar as coisas, tomou a direção da Rodoviária apenas porque o caminho lhe parecia mais amplo e desimpedido, a curva plástica do Viaduto da qual se enxergava com alguma largueza o prédio da Tumelero, que Claudia considerava lindo todas as vezes em que passavam por ali, pegou à direita porque estava mais livre, as pessoas descendo de seus ônibus vindos de Alegrete ou Caxias do Sul, como se nada tivesse acontecido, cruzou o sinal verde do semáforo e, quando percebeu, já estava na Castelo

Branco. Emprestou-lhe alguma tranqüilidade a via expressa costeando um resto do Guaíba escondido por trás dos trilhos do trem urbano, abrindo-se em múltiplas possibilidades que desembocavam em Novo Hamburgo, Torres, Uruguaiana ou Pelotas. Estrada aberta, pensou, velocidade sem semáforo.

Ao entrar na rodovia, percebeu outra vez o quanto estava nervoso. Eram arrepios profundos e uns tremores fortes que lhe atravessavam a espinha com violência desabrida, a repetir-lhe que a desgraça havia chegado. Olhou as mãos, lisas e incólumes, e estas tremiam agarradas ao volante, como se dele quisessem desprender-se e indesejassem ser cúmplices na escolha do próximo caminho. De repente, o estrondo veloz, e Otávio Augusto deu um salto contido pelo cinto de segurança, mas era apenas um caminhão a ultrapassá-lo. Meu Deus, estou morrendo de medo.

Precisava resolver este pavor, tremura inteira que lhe estancava os movimentos. Provavelmente teria que pedir aos clientes que cancelassem a reunião das dez, transferi-la para amanhã ou depois – mas, porra, deu-se conta, duas crianças atropeladas, a própria vida a destruir-se e ele ficava pensando na reunião das dez horas?

Merda, gritou, e bateu com os punhos no volante, como se isso adiantasse alguma coisa. O carro rabeou, desviou-se sozinho para a esquerda, ao mesmo tempo em que, vinda de trás, soava uma buzina feroz e apressada. Otávio puxou a direção à direita com as mãos ainda mais trêmulas do novo susto, e o automóvel que vinha a cento e quarenta passou zunindo, o motorista a dirigir-lhe sinais obscenos e gritando algo que nem sequer pensou em ouvir. Respondeu ao gesto do homem que já se ia, apenas porque ofensas não podem passar em branco para quem anda em automóvel importado, mas o tremor da mão não conseguiu sustentar o dedo em riste.

Voltou as mãos trementes ao volante e aí percebeu o rádio que teimava em enervá-lo ainda mais, trazendo ao carro notícias que lhe chegavam apenas como um zumbido intranqüilo, ruído entrecortado de palavras às quais não prestava nenhuma atenção. Deu um tapa nos botões e cortou pela metade a voz do locutor que anunciava qualquer novidade que já não tinha a menor importância – a que horas estariam noticiando o atropelamento? Foi um tapa seco, estrondoso, muito mais do que o necessário; depois, o botão frágil e frouxo no rádio mudo e a mão dorida que retornava ao volante ainda mais nervosa. Eu preciso me acalmar, pensou Otávio Augusto, preciso me acalmar.

Grandiosa à esquerda, repousando incólume sobre o canal, a ponte movediça do Guaíba deu-lhe a sensação de multiplicar caminhos. Vou para lá, decidiu Otávio, sem a menor idéia do que isso realmente significasse. Para lá, onde? À direita, pouco antes do viaduto que levava à ponte, a placa indicativa clareou as possibilidades de destinos: "Guaíba – Uruguai – Argentina". Não que pensasse em ir-se à Argentina ou ao Uruguai, mas a imensidão pampeana que imediatamente emprestava à geografia próxima daqueles países concedia-lhe o ar e a amplitude necessários para acalmar-se e pensar no que fazer.

Tomou o rumo da ponte, rápido, quase batendo na proteção lateral da pista, num ziguezague em que o nervosismo tinha tanta culpa quanto a velocidade. Os braços não seguravam as mãos, o corpo não continha os braços, as pernas pouco pareciam existir (a perna do menino deslizando carro acima), Otávio Augusto sentia tudo, ao mesmo tempo em que parecia anestesiado.

Cruzou a ponte numa velocidade trêmula, enquanto dizia outra vez que precisava se acalmar. Passou, sem notar, pelos policiais militares que, sentados, aguardavam o trabalho num posto do ICMS, logo no início da rodovia, enquanto os fiscais verificavam as cargas e as notas de dois caminhões graneleiros. Olhou o relógio no painel do automóvel: quinze para as oito. Daqui a pouco vão me ligar lá da fábrica e eu não vou saber o que responder, pensou. Melhor seria tirar de circulação o telefone celular.

Estacionou no acostamento da estrada, o corpo sentindo um frio que não combinava com aquele sol de verão findando, e buscou o telefone no banco ao lado. Modelo moderno, obra de arte que cabia na palma da mão e lhe dava a segurança da agenda de incontáveis números, relógio, despertador, memória capaz de fazer inveja a um elefante velho, diversos tipos de chamada, secretária eletrônica – e nada disso lhe servia agora, nenhuma destas inúmeras amplitudes da tecnologia conseguia trazer qualquer conselho aos seus ouvidos ansiosos, nada que lhe ensinasse a fórmula capaz de voltar o dia e desfazer-lhe este embrulho no estômago, as imagens inclementes das crianças coladas à força nas suas retinas. O telefone, agora, só serviria se não tocasse. Por isso, desligou o aparelho e jogou-o no banco de trás do carro. O aparelho bateu na fivela da pasta de trabalho e o ruído assustou Otávio Augusto, como se fosse novo estrondo, metal que começasse a partir-se – tudo em exagero, os sentidos daquele homem em elevado sobressalto. Precisava acalmar-se (os olhos de morte da menina). A visão da pasta serviu para trazer-lhe a lembrança súbita do que poderia ser um alívio ao destempero que lhe turvava o pensar e os movimentos. Puxou com avidez a pasta para o seu colo e abriu-a com certa dificuldade. Depois, abriu o zíper de um dos compartimentos internos e, firmando os dedos como se deles lhe dependesse a vida, puxou de lá o pequeno pacote de pano, enrolado cuidadosamente com fita adesiva. Em segundos sôfregos e que lhe pareceram multiplicados por mil, conseguiu desenrolar o delicado embrulho, extraindo dele a salvação momentânea para estes tremores que desafiavam o sol.

Um baseado.

Eram quatro cigarros no tal pacote, metodicamente mantidos por Otávio Augusto para consumos eventuais. Fumava pouco – apenas em algumas ocasiões, mais à noite, para relaxar e tirar dos ombros o peso endurecedor dos dias, enquanto revisava relatórios em casa e tomava a sua dose habitual de uísque sem gelo. E, na verdade, dava apenas duas ou três tragadas – depois, tendo o mesmo cuidado com que desfizera o pacote, guardava nele o resto do cigarro, até a noite ou semana seguinte.

Nunca fumara a esta hora. Mas também nunca havia atropelado ninguém antes (o estalido dos ossos quebrando). Se usava os cigarros à noite para despir-se de algumas amarras cotidianas, esta liberdade hoje era mais urgente.

Examinou o cigarro, ignorando os carros que passavam em direção às cidades próximas – Guaíba, Eldorado do Sul, Charqueadas –, mesmo porque estes também não prestavam atenção ao automóvel estacionado no acostamento da estrada (quem olhasse mais de perto, certo, descobriria os ligeiros amassões na tampa do motor, os vidros trincados dos faróis, rubros respingos pegajosos nos pára-lamas). Buscou o isqueiro no painel do automóvel e acendeu o cigarro numa tragada única, profunda – o mais que pôde, tanto precisava.

Otávio colocou o carro em marcha ao mesmo tempo em que o cheiro adocicado da erva e a fumaça interna em sua cabeça começavam a tranqüilizá-lo um pouco. Tirou a mão esquerda do volante e estudou-a com o olhar: estava mais firme, já não tremia tanto. Também as pernas estavam menos trêmulas, prendiam-se com mais decisão aos pedais e poderiam obedecer-lhe com maior presteza, caso houvesse algum comando – mas não havia, o alívio transitório trazia também o vazio. De qualquer forma, tranqüilizar-se era o que precisava em primeiro lugar. Depois, pensar.

Puxou uma longa baforada, e o cigarro queimou-se quase até o fim. Olhou outra vez para as mãos, termômetros do seu desespero, e elas estavam mansas, acalmadas, invadidas por certa leveza lenta que bem poderia ser chamada de torpor; e Otávio sentiu também o cigarro mais firme em seus lábios aquosos – o tremor dos dentes já era suportável. Pela primeira vez no dia, sentiu calor e percebeu o sol que, brilhando disforme no céu amplo e cristalino, prenunciava quentes as próximas horas. Afrouxou a gravata num puxão tenso porque não iria mesmo à reunião com os futuros clientes e já começava a achar difícil aparecer na metalúrgica naquele dia.

Esta constatação deu-lhe a sensação imotivada de liberdade. Otávio Augusto soltou uma gargalhada medrosa, ao mesmo tempo em que seu pé direito afundava o peso no acelerador e ele pensava, sem qualquer estratégia, que tudo ia acabar bem.

Tirou o cigarro da boca e percebeu que faltavam poucas tragadas para terminá-lo. Precisava ainda destas tragadas. Aspirou com força e a erva queimou-se veloz, voragem inaudita a guiá-lo: Otávio Augusto tentava fumar o seu desespero. A fumaça pareceu querer sair por seus ouvidos, os globos dos olhos tornaram-se maiores que suas cavidades, quase barulho o rumor espesso do sangue, e ele respirou com certo alívio (mas os olhos de morte da menina).

Fora do carro, a estrada corria apressada e as cercanias de Eldorado do Sul já se avizinhavam. Passou por um posto de gasolina e decidiu que iria mais longe: sem qualquer cálculo, sem saber verdadeiramente aonde chegaria, disse para si mesmo que a parada seria no sétimo posto. Sete sempre fora número de sorte para Otávio Augusto, embora custasse a admitir o que chamava de bobagens. Assim, ainda faltavam seis. Mais seis postos e pararia, distante daqui, tomaria um café e bem decidiria o que fazer. Agora, por enquanto, ainda queria distanciar-se, alonjar-se o mais que pudesse da Osvaldo Aranha, daqueles inesquecíveis malabares de corpos que se fixavam como parafusos em seu olhar.

– Aquela porcaria da Osvaldo Aranha! – gritou, voz que não parecia ser a sua, como se a avenida fosse culpada da coisa toda, como se este vagido indeciso pudesse lhe expiar a responsabilidade. Mas não podia: nenhum berro lhe devolveria a rotina perdida. Era preciso ir mais longe e fazer que os quilômetros da estrada lhe apagassem a imagem cinza do asfalto. Também o cigarro: uma última tragada reforçaria o esquecimento. Levou-o com dedos curvos à boca, sem se dar conta de que o velocímetro marcava cento e trinta.

Agora que haviam terminado os calafrios, o calor começava a incomodá-lo – e Otávio estava desatinado demais para lembrar-se do ar-condicionado. Afrouxou um pouco mais a gravata e pensou que se sentiria melhor tirando o casaco. Estacionou novamente, próximo a umas árvores que sombreavam o acostamento, e, após depositar no console o resto do cigarro, livrou-se do cinto de segurança e puxou as mangas até desvestir-se. Dobrou-o com cuidado e depositou-o no banco vizinho, em cima da valise e do telefone, estendido a escondê-los, como se buscasse separar dos olhos também os símbolos da boa rotina (os tênis golpeando indefesos o pára-brisa).

Quando estava prestes a recolocar o carro em movimento, Otávio Augusto lembrou-se de examiná-lo, a ver se não estaria circulando num veículo demasiado disforme. Desceu lentamente, experimentando as pernas e firmando-as no chão como fazem aqueles a quem os pés dormem, depois se levantou e ficou satisfeito ao saber que a tremura restante não o derrubava. Andou até a frente do carro, examinando a lataria sem emoção visível, embora estivesse a ponto de chorar: ainda que não comprometessem o desenho, eram diversos os amassões. Dinheirão para consertar, pensou.

O trincado no vidro era pequeno, quase imperceptível, mas trocá-lo era obrigatório – e caro. Depois, curvou-se e verificou os faróis; a tristeza aumentou quando percebeu que estavam estilhaçados e talvez nem funcionassem. Outra fortuna. O pára-lama também estava amassado, provavelmente teria que substituí-lo. Melhor trocar de carro, imaginou, mas agora estava bem: os estragos não eram grandes o bastante para chamar atenção ou atrapalhar a viagem até o sétimo posto de gasolina. Apoiou a mão no pára-lama para levantar-se e soltou um grito mudo de pavor ao descobrir nela a pastosa e visguenta mancha vermelha: o sangue grudado no carro era para sempre.

O sangue na mão, a fumaça do cigarro, o brilho caroloso do sol – Otávio Augusto não agüentou a soma de tudo isso. O café da manhã subiu-lhe em engulhos, golfos cheios de soluços malcheirosos que se misturavam ao resto de lavanda que ainda se percebia na inundação de suor em que se transformava o seu corpo. Vomitou uma água suja, sem consistência, porque o único mal que lhe afligia a saúde era o medo. O vômito respingou-lhe os mocassins italianos, manchando-lhes o couro em asperges espalhados, além de grudar-se ao tecido das calças. O que foi que eu fiz para merecer isso, pensou Otávio, vomitando novamente – e dessa vez era apenas água, nada mais.

Cuspiu no asfalto o gosto acre do vômito, e um fio pegajoso de saliva amarronzada manteve-se grudado no canto da boca. Entrou no carro e, com a mão limpa, buscou o lencinho de seda que mantinha à vista no bolso externo do casaco, sempre combinando com o tom da gravata. Pegou o lenço e passou-o pelos lábios, secando-os o quanto pôde; depois, para aliviar o hálito, expectorou um tanto de saliva e limpou-se novamente. Após, usando o lado ainda limpo do lenço, esfregou com força a mão manchada e a viscosidade dolorida que parecia não querer desgrudar da pele. Limpou o sangue (do garoto?, da garota?), mas não saiu: o visgo permaneceu vincado à pele, a cada movimento sentia o repuxar na mão. Por fim, com o resto do lenço que ainda podia usar, afastou o grosso do vômito instalado nos sapatos; permaneceu neles certa borra fina e azeda, clareando o couro de um jeito opaco.

O lenço, agora, era apenas uma seda nojenta e engordurada. Não havia mais uso para este pano caro e, até há pouco, delicado. Otávio detestava desfazer-se de suas coisas – o dinheiro investido nelas –, mas era inútil manter o lenço. Enrolou-o a uma pedra e atirou-o longe, para dentro dos matos baixos que existiam próximos ao acostamento. Não sabia bem por quê, mas achava melhor não deixar pistas.

O ranço na boca e nas mãos deu-lhe sede, mas Otávio considerou que agüentaria até o sétimo posto de gasolina – a estratégia era chegar até lá, a viagem não era passeio para dar-se ao luxo de ir parando a qualquer hora, e não havia motivo para perder tempo e atenção.

Entrou no carro e, antes de dar a partida, lembrou-se do toco do cigarro apagado e repousando no console. Olhou-o, era minúsculo; nunca havia fumado tanto de uma só vez. Achou melhor deixar o resto para mais tarde, quando chegasse ao posto de combustíveis. O cigarrinho havia cumprido sua função: Otávio sentia-se mais calmo, leve, lento (mas o olhar da morte da menina), e o próprio gosto saburroso da boca o incomodava pouco. Deixou a bagana para depois e deu a partida no automóvel.

O motor respondeu com a mesma precisão de sempre, não parecia haver atropelado duas crianças há menos de uma hora. Acelerou o carro em ponto morto, hábito antigo só para escutar a potência, e entrou na pista da direita, já bem movimentada àquela altura do dia. Carros, caminhões, ônibus, algumas motocicletas, vez por outra uma carroça repleta de papelão e crianças, vira-lata amarelo e esquálido a segui-la em direção às ilhas de Porto Alegre – é uma via de muitos caminhos, para muitos lugares, não é à toa que atravessa o Brasil. Entrou na estrada com força e velocidade, movimentos do braço mais lentos em razão do cigarro, mas a pista dupla e larga engrandecia o horizonte e lhe concedia a segurança necessária para chegar logo ao posto de gasolina desejado.

Passou à pista da esquerda e ultrapassou três automóveis argentinos que, em breve comboio, pareciam retornar de férias em Tramandaí, Torres ou Santa Catarina, cheios de malas e pranchas de surfe. Os carros faziam sinais entre si, buzinando e rindo, último folguedo do descanso. Estes argentinos são loucos, pensou Otávio Augusto, enquanto deixava para trás os três automóveis. Cento e vinte, cento e trinta por hora – mas a estrada deixava, o carro era uma obra-prima de estabilidade (o sinal ainda permitia que passasse, as crianças é que estavam erradas).

Lá fora, o sol já era brilho alto pendurado no azul de nuvens tímidas, e, quando chegasse ao sétimo posto, Otávio

29

Augusto certamente descobriria o que fazer. Era gerente na metalúrgica, sem demora seria diretor, homem acostumado a decisões nas horas mais necessárias – e não seria agora que lhe faltaria o tino. Não seria agora. Agora, não. A vida inteira medindo bem os passos para acertá-los sempre, olhar estratégico que arrancava elogios de alguns professores na faculdade – este olhar não lhe faltaria agora (e os olhos da menina). Não ficaria sem resposta. O estudo sempre bem cuidado sobre o rumo a ser seguido, porque é impossível voltar atrás. A preparação anterior e constante para ter nas mãos as rédeas nos eventos mais importantes. Não lhe faltaria o tino nessa hora, não lhe faltaria. O planejamento do mês, o planejamento da vida – casar após a graduação de Claudia, o apartamento maior, lua-de-mel em Miami –, as coisas sempre no tamanho possível não ficariam maiores agora, justamente agora, não se tornariam inalcançáveis as soluções, hoje não, porque, se houvesse um dia único em que a decisão tivesse que ser irrevogável, seria este. Nenhuma chance de voltar atrás.

– Não vai ser hoje!

O berro saiu sem que Otávio o entendesse, talvez apenas para que, ouvindo-se, pudesse fortalecer-se em sua certeza. Assustou-se com o próprio grito, uivo de voz desconhecida, mas teve o descortino suficiente para perceber que, naquele instante, tudo o atemorizava. Os nervos eram feixes rijos endurecendo-lhe os braços, palpitando desesperos nas têmporas e iniciando a dor de cabeça enfumaçada que não curaria com pastilhas ou comprimidos. Era muita a dor, sentia agora, o cérebro parecia socar com presteza as têmporas e a fronte, a nuca enterrada no pescoço. Nenhuma aspirina ou melhoral o salvaria; o único remédio possível seria uma máquina do tempo que o fizesse voltar às sete horas e atrasasse sua saída de casa. Nada mais resolveria.

Mas que se fodesse a dor de cabeça, decidiu. O importante era chegar logo ao sétimo posto de gasolina, lavar bem as mãos, o rosto e a boca, tomar uma Coca ou café, respirar fundo, pensar e decidir. Chegar logo.

O velocímetro seguia colado nos cento e trinta por hora. Olhou os ponteiros coloridos do painel, meio turvos nesta manhã tão clara, e a cefaléia pareceu recrudescer. Apertou as mãos no volante – elas já não tremiam – e fechou rápido os olhos para aspirar fundo, depois expulsar este ar dolorido que o sufocava.

Quando abriu os olhos, viu que a dor de cabeça era apenas o início.

Pouco à frente, a visão do posto de pedágio lembrou-o da Polícia Rodoviária Federal logo mais, antes do entroncamento que se abria para Cachoeira do Sul e Uruguaiana. E não havia mais retorno – era seguir e ter sorte. Mais: além de sorte, calma e uma clareza que lhe escapava, em parte, na fumaça do cigarro recém-fumado.

Desacelerou bruscamente o carro e abriu as janelas, para dissipar a possibilidade de qualquer cheiro. Calma, Otávio, nada vai acontecer, é só pagar e seguir adiante. Nada mais.

Encostou o carro num guichê vazio para despachar-se o quanto antes. Buscou o dinheiro na carteira e verificou que não tinha nenhuma nota pequena. Estendeu à atendente uma cédula de cinqüenta e ficou esperando o troco, desconfiado ante o olhar algo inquisidor da moça (o capô estaria amassado demais?). A funcionária parecia não encontrar o troco suficiente, remexia na gaveta contando e recontando notas e moedas.

– Não precisa conferir. Estou com um pouco de pressa! – informou Otávio, a voz controlada em sua agonia.

– É que é regra da empresa – respondeu a atendente.

– O problema é meu se eu receber o troco a menos! – impacientou-se Otávio, o estômago e a cabeça fervendo em ânsias.

– Mas é meu se o senhor receber troco a mais – fulminou a atendente, encerrando a conversa. – E agora eu vou ter que contar de novo porque o senhor me atrapalhou.

E contou novamente o dinheiro, num desvelo demorado que a Otávio Augusto pareceu provocação, enquanto este, furioso, aguardava sem dizer nada, para não arriscar-se a atrasar ainda mais a partida.

– Boa viagem – desejou a moça, no momento em que lhe estendia o troco conferido, sorriso feito de ironia.

– Vai para a puta que te pariu – respondeu ele, com o mesmo sorriso, acelerando o carro, feliz pelo xingamento vindo do nada e gozando a vitória conseguida no instante final. Olhou pelo retrovisor, e a moça o mirava sem entender muito bem a razão da ofensa, nem tempo para fazê-lo: outro carro já estacionava ao lado, estendendo o dinheiro e esperando o troco conferido.

Aquilo desconcentrou Otávio um instante, e ele só voltou à urgência da situação quando se deparou com a placa à sua direita, letras brancas sobre o plano verde: "Polícia Rodoviária Federal – 500 metros". E não havia retorno possível, só lhe restava seguir em frente. Não podia voltar atrás.

Manteve a velocidade controlada em sessenta por hora, abaixo de qualquer suspeita. Respirou fundo outra vez – a nova ameaça o fizera esquecer a dor de cabeça –, tão calma e vagarosamente quanto possível, e lançou uma mirada ao espelho para ver quão descomposto estava. Percebeu os olhos avermelhados, finos riachos de sangue atravessando o globo, o gel desfeito emprestando aos cabelos um arrepio do tamanho de seu medo, gotas pastosas de vômito meio seco enchendo-lhe o canto da boca. Nada que, numa passagem rápida, pudesse ser percebido pelos policiais, tranqüilizou-se. O carro, também: passasse placidamente em frente ao posto policial, na marcha segura de quem nada deve, e ninguém perceberia nada. Ainda mais que não havia nenhuma razão para que não se cumprisse a escrita comum: cruzam os carros, a marcha despudoradamente reduzida como se a viagem inteira seguissem assim, enquanto os dois ou três policiais do posto ficam lá dentro, tocando adiante seus trabalhos.

Só que havia mais que dois ou três homens naquele posto: eram vários. E existia uma barreira policial, destas batidas que têm o assustador poder de lembrar aos motoristas que a luz de ré está queimada ou que não sabem onde andará o comprovante de pagamento do imposto. Já se formara uma pequena fila de automóveis parados no acostamento bem em frente ao posto, motoristas solícitos e nervosos procurando documentos ao lado de guardas que esperavam, pacientes, o fim do atrapalho para liberá-los com votos de boa viagem ou multá-los por excesso de velocidade ou porque o filho, no banco de trás, viajava sem o cinto de segurança.

Otávio Augusto viu a barreira e teve um pressentimento. O frio e os temores voltaram, imediatos e redobrados. Se o parassem, perceberiam; se percebessem, estava perdido. A escolha era uma só: não parar. Seguiria reto adiante.

A placa ordenava que não se andasse a mais de quarenta naquele trechinho em frente ao posto policial. Para ser pego mais facilmente, para que não tivessem que correr atrás de qualquer carro, só estendiam o braço e já agarravam. Olhou o velocímetro e ele obedecia à ordem: trinta e cinco por hora.

Não ia acontecer nada, ia passar bem, ninguém o mandaria parar. Ninguém o mandaria parar, repetiu, decisão e desejo ao mesmo tempo, ninguém o mandaria parar. Alinhou o carro na pista da esquerda, na esperança equívoca de que mais longe significava menos visto, à sua frente uma Brasília azul-clara que certamente seria interceptada (estes carros sempre têm algum problema, pensou). Manteve-se próximo a ela para que o farol quebrado se tornasse mais invisível aos olhos dos guardas e pensou outra vez que tudo ia dar certo, sem perceber as gotas de suor frio que brotavam em seu rosto. Agora um dos carros interceptados já se movia, retomando a viagem, e o policial que o atendia ficou olhando a partida do automóvel, igual ao pai que se despede da família que sai em férias. Mas foi só por um instante (vai dar tudo certo, ninguém vai me mandar parar). Logo, o homem já se direcionava aos carros que ainda vinham, em vagarosa obediência, enorme e ameaçador em toda a sua autoridade, e parecia encarar a Brasília. O homem levantou o braço (vai parar a Brasília), estendendo-o em direção ao acostamento, mas o azul-claro do velho automóvel continuou brando o seu caminho, quarenta por hora a vida inteira, como se o sinal não fosse para ele – porque não era.

Otávio reparou naquele braço estendido, naquela ordem manifesta na ponta dos dedos e, merda, era a ele que mandavam parar! Mas como, se estava a menos de quarenta e inteiramente comportado? Não podiam pará-lo porque não havia feito nada – e não ia parar! Reuniu todos os frágeis fios de calma que ainda lhe restavam e seguiu caminho direto, como se não entendesse, como se o mandamento se destinasse ao próximo, como se fosse um estrangeiro perdido e tonto, enquanto o homem prosseguia com o braço e olhos duros, indicando o lado da estrada sem nenhuma dúvida e já parecendo crescer em direção à janela do carro. Otávio Augusto seguiu na mesma marcha, ultrapassou o homem tentando olhar para o outro lado. Nenhuma dúvida: o sinal era para o seu carro.

Merda.

Por que tudo aquilo, por que não estava na metalúrgica se preparando para a reunião das dez, por que aquelas crianças, por que este sinal que o mandava parar em meio a tantos outros carros? Pare, sentia a ordem do policial; não pare, era o imperativo que ele mesmo se dava, o carro onde estavam todas as marcas, a fuga sem prestar socorro, o baseado atrapalhando as respostas, e um restinho ainda ali, exposto e condenando-o em qualquer parada. Não, decidiu: polícia

35

nenhuma pode me deter. Se eu parar, estou destruído para sempre, considerou Otávio Augusto; se não parar, ainda tenho tempo e chance de pensar no que fazer.

Ultrapassou os guardas e o posto policial na certeza de que não pararia em nenhuma hipótese – não podia jogar fora a vida em que apostava tanto, tudo planejado, e não dava para voltar atrás. Acelerou suavemente o automóvel, olhos baixos para esconder o rosto, colado à Brasília que ultrapassaria em breve. Pareceu ouvir um silvo, comando definitivo a que parasse, mas a determinação de seguir adiante concedeu-lhe o benefício da dúvida. Talvez fosse para outro carro. O automóvel seguindo, quarenta por hora em infindáveis segundos; pelo retrovisor percebeu a expressão meio estupefata do polícia, o carro rodando atrás desta Brasília quase imóvel, os cones colocados na pista e o horizonte livre se descortinando. Arriscou olhar para trás e pareceu-lhe que o guarda já se dirigia ao posto (fariam o quê? pegariam a viatura e sairiam de sirene aberta a persegui-lo, como nos filmes policiais?). Mas agora as coisas já importavam pouco: tinha passado pela barreira, a Brasília pegara a pista da direita deixando-lhe o caminho livre. O resto, pensaria depois.

E então acelerou.

A mesma pergunta, repetida: e agora?

Agora era seguir adiante, as mãos tremendo mais do que antes e começando a implantar-se algo que beirava o desvario. Corre, Otávio Augusto, corre. A estrada abria-se em dois caminhos: reto, seguiria em direção a Guaíba, Pelotas, Rio Grande, Uruguai; pegasse à direita, o rumo seria Cachoeira do Sul, Alegrete, Uruguaiana, Argentina. Mas Otávio Augusto não pensou em nada disso naquele instante. Seguiu reto, apenas porque era mais fácil, desnecessário dobrar. Era o caminho em frente. A estrada livre e desdobrada. A chance de ir mais rápido.

Olhou pelo retrovisor com o que ainda lhe restava de discernimento, e não parecia que qualquer viatura o seguisse. Também não escutou nenhuma sirene, mas nada disso teve o poder de tranqüilizá-lo; já deveriam ter avisado os próximos postos pelo rádio, estariam prontos para agarrá-lo – ainda mais num carro inconfundível como o seu.

Olhou o relógio, apenas porque não tinha idéia do que fazer, e assustou-se.

– Oito horas, recém! – gritou.

Ele havia acordado há menos de duas horas, pronto para um dia normal e cheio de possibilidades de ganhar dinheiro, e nestes curtos cento e poucos minutos o mundo tinha dado uma volta em torno de sua vida! A manhã ainda estava começando, e Otávio Augusto já havia atropelado duas pessoas (os olhos de morte da menina!) e fugido de uma barreira policial. No próximo posto, no próximo pedágio, na próxima chance, estariam esperando por ele.

Ou não.

Estariam esperando pelo seu carro. Era isso, só isso que haviam visto. Seguisse a viagem com outro carro e tudo andaria melhor. Outro carro – era do que precisava. Largaria esta maravilha de quatro rodas num local escondido, algo ermo e protegido, e seguiria adiante com outro automóvel qualquer.

Mas não poderia alugar carro algum. Para aluguel, precisava documento, cartão de crédito ou caução, montes de dados e informações que, além de atrasá-lo para onde quer que fosse, só serviriam para atestar sua presença por ali. Um rastro, uma pista, pensou Otávio Augusto. Também não poderia pedir qualquer carro emprestado, porque não conhecia ninguém pelas redondezas. E não poderia trocar o carro por qualquer outro. Ninguém aceitaria um carrão daqueles, luzindo apesar das desventuras do dia, sem morrer de desconfiança. Aparecesse alguém à sua frente propondo este tipo de troca, e Otávio Augusto perguntaria de que hospício havia escapado. Não: trocar o carro por outro era assinar o termo de confissão.

E também não podia ficar sem carro. Não podia simplesmente entrar em Guaíba, procurar o primeiro estacionamento e deixar por lá o automóvel, depois ir a pé até a estação rodoviária e pedir um ônibus para o local mais distante possível. Não: talvez o ônibus para a cidade longínqua saísse às cinco da tarde e o primeiro coletivo só servisse para levá-lo de volta a Porto Alegre, onde não queria estar. Precisava mobilidade, rapidez, assenhorar-se dos próprios caminhos – porque era necessário pensar bem no que fazer e impossível voltar atrás.

Assim, estava bem definido: precisava de outro automóvel. E não existia a chance de alugar, trocar ou pedir emprestado. Só havia uma coisa a fazer.

Otávio Augusto precisava roubar um carro.

A decisão estava tomada. Era uma questão prática, e pronto. A tranqüilidade que sobreveio a esta decisão é que o assustou um pouco.

Fosse mais atento à normal condição humana, talvez entendesse com maior clareza este alívio repentino. Perdido por um, perdido por mil, grita o técnico cujo time de futebol acaba de levar gol e para quem a derrota significa desclassificação. O técnico brada esta exortação, este grito de guerra e, na mesma hora, manda que o time inteiro vá para a frente, na tentativa necessária do empate salvador. E o time vai, se incorpora, massa compacta, todos os onze como seta única apontada ao alvo inimigo, correndo ao máximo as forças últimas de suas pernas. Nada mais interessa: a distensão no músculo, a exaustão física, o possível desmaio de cansaço só têm lugar quando o juiz der o apito que finda o jogo e encerra a chance. Até então, nada mais existe – e perdido por um é perdido por mil.

Otávio Augusto estava perdido por um e era a mesma coisa que estar perdido por mil. Pouco importava um problema a mais, contanto que conseguisse as condições precisas para resolvê-los em pacote. Para isso, eram necessários o tempo e a tranqüilidade que o deixassem pensar, sem ameaças no encalço. Para não ter ameaças, precisava sair dali. E para sair dali precisava de outro carro.

Então era isso; roubaria o automóvel, iria usá-lo e depois acharia o jeito de devolvê-lo. Simples: passasse a tempestade deste dia, Otávio Augusto recuperado em sua pertinácia, e as coisas se arranjariam. Precisava apenas de tempo para pensar.

Tirou a mão do volante e ela já não tremia. Estava firme e, de alguma maneira, Otávio sentiu-se poderoso; nestas mãos, o seu futuro. Olhou pelo retrovisor, decidido a acelerar se houvesse alguma viatura em seu encalço, mas nada. Nenhum movimento – já teriam avisado o próximo posto de polícia ou estariam a esperá-lo no pedágio seguinte. Precisaria mudar de carro antes disso. E tinha que fazê-lo com rapidez: havia outro pedágio logo adiante.

Baixou a velocidade e olhou a paisagem sem qualquer interesse maior que o de salvar-se bem. Uma estradinha vicinal, um automóvel estragado à beira da rodovia, o posto de gasolina com pouco movimento – elementos de que precisava para colocar em ação o plano que ainda não tinha forma, mas se gestava por si, filho das circunstâncias. À direita da estrada havia um campo liso e largo, meia dúzia de árvores perdidas, e Otávio não vislumbrou por ali qualquer possibilidade. À esquerda, o panorama era mais animador: ao lado da estrada, estendia-se uma daquelas tristes matas de acácias, onde os pássaros não pousam e os animais não vivem, e que já nascem sombrias em seu destino de virar folha de caderno (os livros da menina alçando-se num último vôo colorido). Não era o bem-estar dos pássaros o que importava a Otávio Augusto, mas sim a possibilidade de esconderijo para o seu carro: aquelas árvores plantadas com capricho geométrico e inatural, formando um mato seco e escuro por onde ninguém circulava, bem poderiam servir de abrigo sereno ao automóvel por alguns dias.

Mas precisava de mais. Era necessário que esta mata não fosse distante de um paradouro qualquer onde pudesse roubar o carro que lhe possibilitaria seguir a viagem. Impossível caminhar muito tempo à margem da estrada sem despertar suspeitas: carroceiros ou caminhoneiros em mangas de camisa são personagens comuns e aceitáveis de se ver andando pelo acostamento; gerentes e executivos carregando pastas de couro, não. O caminho à beira da rodovia deveria ser curto e rápido.

O posto de gasolina ao final do campo à direita, ladeado por um pequeno e desordenado capão de mato, deu-lhe a certeza instantânea de que, ao final das contas, a sorte não o havia abandonado de todo. Parou o carro ao lado da estrada e calculou: se escondesse o carro no mato de acácias e saísse por ele (e pouco se sujaria, apenas galhos mortos caídos no meio das árvores melancólicas), só lhe restariam talvez duzentos metros a percorrer pela rodovia, até alcançar o posto. Duzentos metros de caminhada rápida eram coisa de poucos minutos, nenhuma longa exposição que o tornasse suspeito. Depois, na estação de combustíveis, ao amparo estável das outras árvores, certamente a sorte iria manter-se ao seu favor.

Olhou outra vez para trás, apenas para certificar-se de que não havia nenhuma caminhonete amarela de luzes acesas vindo em sua direção e já antegozando a vitória sobre a polícia (administração é estratégia, dizia um professor na faculdade), daqui a pouco, no pedágio. As caminhonetes com certeza estariam lá, enormes e inúteis, esperando pelo automóvel importado que não chegaria, enquanto Otávio passaria no seu recém-adquirido veículo, qualquer que fosse a marca.

Esperou que o movimento arrefecesse e fez o retorno ali mesmo, em direção à mata de acácias. Com tranqüilidade renascida, percorreu as poucas centenas de metros que o separavam da estradinha de terra ao lado do extenso arvoredo. Quando saiu da BR e vislumbrou o caminho estreito e deserto de chão batido, que deveria levar à sede de uma fazenda ou companhia reflorestadora, lá longe, pensou que não esqueceria jamais aquele momento (o menino aterrissando no asfalto). A paisagem que ainda há pouco não dizia nada ao homem de negócios Otávio Augusto, agora o restaurava: dali sairia sem o carro que era o seu maior problema momentâneo, pronto e renovado para resolver os outros.

Não havia cerca que separasse a estrada do mato de acácias, e Otávio Augusto não pôde deixar de pensar que, de alguma maneira, a sorte ainda estava consigo. Riu – uma risada desequilibrada e desconhecida – e resolveu ir até onde pudesse, deixar o carro o mais distante possível dos olhos da rodovia. Andou cerca de um quilômetro, na poeira vermelha e amanhecida da vereda, até olhar para trás e considerar suficiente a distância – os automóveis na estrada eram pequenas manchas rápidas coloridas. Parou no meio da estradinha, com a confiança que lhe dava o fato de não ter visto ninguém ao longo do caminho, e analisou o terreno ao lado: havia uma faixa estreita de grama antes do início das árvores, irregular mas passável. O único empecilho era a pequena vala à beira da estrada, por onde escorreria a água das chuvas, mas que podia bem ser atravessada avançando o auto em diagonal, devagar. Não seria a valeta a impedi-lo na decisão tomada.

Avançou o carro em direção ao breve fosso, com cuidado para não bater o fundo. O automóvel mergulhou a parte dianteira por um instante, rodas bem presas ao chão baixo da vala, mas logo subiu, sem dificuldades, e estabilizou-se em sua altura. Otávio Augusto freou, apenas para certificar-se de que estava tudo bem, e recomeçou o movimento, agora para trazer as rodas de trás. Pisou de leve no acelerador, e o automóvel começou a trazer o seu resto; baixaram as rodas traseiras, e o pára-lama chegou a bater no chão, mas, sem que Otávio Augusto tivesse tempo para espanto ou preocupação, já estava o carro inteiro ao lado em que deveria. Pronto, pensou Otávio, e olhou para a mata em que já entrariam, ele e o carro.

– Estrada boa, heim, bichão! – gritou como se desabafasse, ainda meio embaçado por causa do baseado recente, enquanto batia as mãos satisfeitas no painel do automóvel, carinho tão roto e desajeitado quanto o que, às quartas-feiras, emprestava à namorada. E entrou com o carro entre as árvores escuras, espaçadas entre si, sem se importar muito com o trilho; o que valia era conseguir.

O automóvel rodou sem a maciez costumeira, mas o motor estrangeiro não reclamou do caminho. Otávio avançava na velocidade possível, desviando-se de um ou outro galho caído, rente de pressa. Olhava para a frente (o sinal dizia que passasse), inteiro em sua determinação, pronto para atingir novo objetivo. A vida é feita de desafios, sentenciava barato, ao tempo em que seguia adiante e pensava pouco. E desafios são como árvores, completava ele: a gente desvia e deixa para trás.

Parou o carro quando sentiu que este já não era avistável, tanto da estradinha como da rodovia, misturado à sombra das acácias e à escuridão perene de seus troncos frios. Estava bom por ali, fosse mais adiante talvez pudessem divisá-lo do outro lado da mata. Desceu e olhou comprido para os lados, a certificar-se de que enxergava apenas árvores; ao longe, conseguia entrever a luminosidade que o sol emprestava à BR, distância tranqüila de quem sabe que enxerga sem ser visto. Apurou o ouvido, tentando perceber se algum ruído próximo quebrava o tamanho do silêncio, mas só o que conseguiu escutar foi o zunido longínquo dos automóveis na estrada. Estava sozinho com seu importado. Mirou as árvores, aquele monte de papel futuro, e suspirou: deveria estar se preparando para uma reunião com dinheiro na mesa, e no entanto atordoava-se de tensão no meio de uma plantação de acácias próxima à Guaíba. Mas perdido por um, perdido por mil.

Entrou no carro para juntar os objetos que levaria consigo. Buscou, no porta-luvas, algum documento ou algo que pudesse ser roubado, mas não havia nada. Abriu a pasta e certificou-se de que lá estavam as coisas necessárias: talão de cheques, cartões de crédito e de bancos, documentos da metalúrgica, duas revistas de administração e negócios, o passaporte sempre pronto, o revólver. Apalpou o bolso traseiro da calça, e a carteira estava lá com todos os documentos; pegou-a sem pressa e achou que necessitaria de mais dinheiro (não seria difícil: qualquer cidade teria posto ou agência do Banco do Brasil ou do Banrisul). No banco do caroneiro pegou o telefone celular e decidiu mantê-lo desligado – melhor assim –, guardando-o na pasta. Olhou o casaco que jazia amassado na poltrona, e imaginou o calor fora da frieza destas acácias – seria apenas algo para carregar ao longo do caminho cujo final ainda era mistério para Otávio Augusto. Revistou os bolsos da roupa atirada e buscou a Mont Blanc que usava para impressionar na assinatura de documentos mais importantes. Por fim, examinou o interior do carro, a ver se ainda existia algo que tivesse o valor de ser carregado, mas não encontrou nada.

Apenas no console ainda havia algo que lhe poderia ser útil no caminho: o resto minúsculo do cigarro. Buscou-o e achou melhor não levá-lo muito adiante: o melhor seria fumá-lo enquanto caminhava, companhia fosca e calmante a guiá-lo entre as árvores. Acendeu-o e tragou-o com uma puxada desabrida, desmesurada: não é todo dia que se rouba automóvel (as mãos repentinamente úmidas de medo).

Lembrou-se do roubo do carro, algo tão definitivo e próximo, e deu-se conta de que precisava estar com o revólver à mão. Não atiraria em ninguém, isso não, mas valia para impor respeito ao outro. Abriu a pasta, buscou-o cuidadosamente e admirou-o com brevidade: tratava-se de peça cara e mortífera, que havia deixado na boca de Otávio Augusto o gosto agradável de poder nas poucas vezes em que, apenas por treinamento, tinha sido utilizada. Havia custado um monte de dinheiro; talvez hoje fosse o dia do investimento dar retorno. Colocou-a na cintura e sentiu-se desconfortável ao contato gélido do cano. Olhou-se, e o cabo exposto com nitidez perturbadora fê-lo repensar a decisão de deixar o casaco: iria levá-lo, para melhor esconder o aparelho, e mais adiante decidiria o que fazer com ele.

Trancou o carro e, mais por costume que por outro motivo, ligou o alarme. O automóvel respondeu num ruído curto, gemido tristonho, e Otávio Augusto quase sucumbiu ao lamento. Deu outra tragada no resto do cigarro e passou a mão com sutileza na porta, como a dizer que voltaria logo e que não se preocupasse. Estava tomada a decisão, não podia voltar atrás.

– Tchau, amigo. Fica aí. Sem demora, volto pra te buscar.

E saiu andando rente em direção à rodovia, o revólver mal parado na cintura e o casaco frouxamente colocado sobre os ombros, carregando a maleta que, em meio às centenas de árvores iguais, só lhe servia para acentuar o ridículo.

Quem visse aquele executivo com jeito de atropelado saindo do meio das acácias, sujo e suarento, tentando esconder a pasta de todos os olhos e caminhando apressado na beira da rodovia, certamente pensaria na possibilidade daquela mata ter sido plantada à frente de um hospital psiquiátrico. Otávio Augusto sabia disso e achava melhor que fosse assim: o fugitivo de hospício importava menos que um atropelador de crianças. Melhor ser louco por uns metros, pensou enquanto percorria com avidez a distância que separava a mata do posto de gasolina, do outro lado da rodovia, sentindo um calor insalubre que contrastava com a gelidez do revólver e acentuava o incômodo do casaco.

O posto era mesmo bem próximo. Dois minutos e estaria lá, calculou, enquanto contava os passos para não pensar em nada nesta caminhada em que o coração parecia bater por todo o corpo. Quarenta e dois, quarenta e três, ao lado direito o final do campo e já se aproximando o capão de mato que ladeava a estação de gasolina, sessenta e quatro, sessenta e cinco, do outro lado da rodovia a plantação de acácias negras que abrigava algo que lhe era caro, noventa, noventa e um, o movimento grande de automóveis, certamente o posto estaria cheio, vinte e sete, vinte e oito, pois voltara ao zero ao contar cem, medindo os passos para que tivessem quase um metro, cinqüenta e um, cinqüenta e dois, e já não havia qualquer resto de lavanda neste suor frio e quente que lhe enchia o corpo, oitenta e sete, oitenta e oito (os cadernos das crianças, vôo curto e triste ao asfalto), treze, quatorze, o posto no alcance de suas mãos, certificou-se de que o revólver estava bem escondido, trinta, trinta e um, porque sempre se contavam histórias de pessoas que morriam em acidentes por causa de disparos sem motivo da arma que lhes estava à cintura, seu pai tinha um amigo que morrera dessa forma imbecil, cinqüenta e nove, sessenta, um automóvel entrou no posto bem diante de si, a criança acenando no banco de trás, setenta e dois, setenta e três, e já havia chegado.

Examinou o posto de combustíveis e ele não era pequeno. Além das bombas, havia a borracharia mais ao fundo, ao lado da qual também se lavavam carros. Em outro prédio, de um amarelo esmaecido e sujo, funcionavam a lanchonete e um pequeno bazar de bugigangas domésticas; na parte de trás, próximos ao matinho, estavam os banheiros. O malcuidado canteiro de flores poeirentas servia como paradouro aos carros que estacionavam defronte à lancheria. Na esquina, ao lado da placa indicando os sanitários, existia uma mureta de tijolos caiados, sobre a qual Otávio Augusto resolveu que descansaria seu nervosismo após lavar as mãos e o rosto, esperando a chegada do carro que lhe solvesse os problemas.

Assustou-se ante a sujeira do banheiro. Depois, confrontando-se com um espelho cruel, assustou-se com a própria imundície: os cabelos empapados de suor misturado ao gel, o rosto luzidio de calor, gotas pastosas de vômito, a poeira do caminho a empalidecer-lhe os poros. E só então se deu conta, ao perceber o amarfanhado da gravata, de que ainda a levava desnecessariamente vestida – a reunião não havia mais, a metalúrgica não era plano para aquele dia. Puxou a gravata com sofreguidão contida, tentando não encostá-la ao suor do rosto e dos cabelos, e achou que seria melhor colocá-la na valise. Depois, abriu a torneira, e uns pingos preguiçosos de água permitiram-lhe tirar a sujeira mais grossa das mãos e do rosto, esfregando-se desajeitadamente enquanto mantinha a pasta presa entre as pernas. Sentiu-se melhor, mesmo sendo pouca a água; quando se olhou de novo no espelho, estava mais recomposto. Atrapalhado pelas circunstâncias da manhã, examinava-se com cuidado no vidro fosco do espelho, em cuja lateral estava afixado o adesivo de um remédio para azia, quando o assustou a entrada de um garoto (o barulho de ossos partidos do menino) de quinze, talvez dezesseis anos. O susto foi físico;

Otávio Augusto deu um breve salto quando o rapaz entrou, como se alguém o capturasse naquele instante, e achou necessário dizer algo, qualquer bobagem que desviasse a atenção de seu medo.

– A imundície destes banheiros é impressionante!

O garoto já se dirigia ao mictório, desatento a qualquer assunto que não fosse sua própria urgência, mas olhou em volta e, apenas por responder, resolveu concordar.

– Tinha que ter lei proibindo isso – disse Otávio.

– É – respondeu o garoto, ao tempo em que começava a urinar, sem entender nada e encerrando por ali o assunto.

– Bom, é isso aí. Tchau – terminou Otávio Augusto.

Saiu do banheiro, gravata ainda na mão, e sentou-se na mureta a fim de esperar o momento e o carro certo. Abriu a valise e colocou lá dentro a gravata, mais ou menos no lugar onde antes estava acondicionado o revólver. Enquanto aguardava, o rapaz também saiu, sacudindo as mãos recém-lavadas, e fitou-o com uns olhos desconfiados que Otávio Augusto pouco conseguiu entender. Depois, seguiu caminho, em pressa preocupada, e entrou na lanchonete, onde provavelmente o esperavam os pais. A atenção de Otávio não se manteve no caminho do adolescente, porque tinha coisas mais importantes a fazer. Olhou em volta e considerou que este seria bom lugar para a abordagem. Estava ao lado da mata nativa, as árvores o auxiliando sem saber, e distante do maior burburinho das pessoas.

Era só esperar. Precisava de alguém que, viajando sozinho, estacionasse próximo dele e distante das janelas da lanchonete ou do bazar. Isso não deveria demorar, pensou, sentindo reavivar-se um sentimento de urgência angustiada na boca. Roubar carro não é coisa fácil para quem não sabe.

E a espera foi curta.

O Passat estacionou rente à esquina, quase em frente à mureta onde Otávio fingia mexer na pasta a cada pessoa que passava, e o motorista, um velho miúdo e metido numa camisa listrada, buscou o espelho retrovisor para pentear o que lhe restava de cabelos. Estava sozinho. Otávio Augusto imaginou que o Passat talvez tivesse a sua própria idade e pensou que não seria este o carro mais desejado para roubar. Mas as circunstâncias – a urgência, o veículo ali ao lado, o velhote sozinho e pequeno, ninguém indo ou vindo ao banheiro – não lhe deixavam a escolha de esperar. Era este – e Otávio sentiu novamente o gelo da arma queimando na cintura.

O velhote assustou-se com aquela figura intrigante que se debruçava sobre a janela aberta do caroneiro e interrompeu a operação ensimesmada de pentear-se. Olhou para Otávio Augusto com desconfiança instantânea, o mau pressentimento estampado no rosto septuagenário e no qual as muitas rugas denunciavam a vida cheia de percalços.

– Sim? – perguntou ele, apreensivo.

– Bom-dia, chefe – Otávio Augusto achou melhor ser simpático (técnicas de negociação, capítulo das abordagens). – O senhor está indo para onde?

– Camaquã – o outro respondeu, desconfiado.

– É para lá que eu vou – descobriu Otávio, naquele instante. – Meu carro enguiçou na estrada e eu estou tentando conseguir carona para lá. O senhor não me leva? – sorrindo.

O receio zuniu nos olhos do velho; não se lembrava de nenhum automóvel parado na beira da rodovia. Além do mais, em postos de gasolina sempre sabem onde existe mecânico por perto.

– Não posso. O Passat é da empresa e sou proibido de dar carona.

A simpatia fugiu imediata da voz de Otávio Augusto, ao tempo em que lhe voltava a violência da pressa.

– Carro da empresa, este aqui? – e apontou para a lataria envelhecida do Passat. – Que empresa de merda é essa, uma firma de recolhimento de ferro-velho? Não tem outra desculpa pra me dar, diz logo que não!

O homem tentou responder ao desrespeito, dúbio e duplo sentimento de medo e raiva recém-descoberto, a voz saindo por si, sem que a orientasse:

– Que é isso, rapaz, não se respeita os mais velhos?

Mas, antes que ele soubesse continuar, já a mão de Otávio Augusto agarrava a maçaneta e abria a porta. Otávio entrou num átimo, acomodou-se no banco, e um brilho morto luziu em sua mão direita.

– Chega de dizer bobagem – falou Otávio Augusto. – Agora, a coisa é séria.

O outro foi gritar, pura surpresa e pavor, mas Otávio cortou pelo meio suas intenções, encostando-lhe no lado direito da barriga trêmula o cano do revólver.

– Quieto aí, tio, senão boto essa maquininha pra funcionar na tua barriga – parou e, com o revólver seguro na espalda do velho, pensou rapidamente no que fazer. – Seguinte: nem me olha e finge que não tem nada diferente acontecendo.

Liga o carro, dá uma ré e a gente sai normalmente, pro lado de Camaquã – e, apenas para ser cruel, vestindo a máscara de bandido mau. – No caminho eu penso o que fazer contigo.

O velho tremia. Antes de tentar ligar de novo o automóvel – as chaves seguiam na ignição e ainda tinha na mão direita um esquecido e vacilante pente de osso –, tentou alguma comiseração do assaltante.

– Mas eu preciso mijar – desculpa a palavra, moço –, é urgente! Tenho problema de bexiga.

Otávio Augusto pensou na possibilidade de atrapalhar-se com este movimento e considerou que era grande: o velho poderia gritar, alguém apareceria em direção ao banheiro, um carro cheio e curioso estacionaria na vaga ao lado do Passat. Não, não dava. Mais adiante, parariam numa estradinha vicinal, daquelas que passam o dia sem enxergar ninguém por cima, e daria ao velho a chance de aliviar-se.

– Agora não dá, tio. Depois a gente vê o que fazer. Segue em frente.

O tremor das mãos do homem não lhe permitia virar a chave. Além disso, duas pessoas se aproximavam da esquina a caminho dos mictórios.

– Olha para baixo e finge que procura alguma coisa. Não dá bandeira. Se o pessoal que vem aí desconfiar de algo, te passo fogo – comentou Otávio, em voz baixa, com o velhote, sorriso no rosto escondido, enquanto fingia procurar uma caneta na valise aberta à sua frente. Era estranho, percebeu Otávio: assumindo a condição momentânea de bandido, falava como tal, e achava isso quase engraçado. – Não te esquece: deu sinal, virou presunto! – cochichou, sem evitar a risada crua, desequilibrada. A loucura às vezes chega rindo.

– Pode deixar, meu filho, pode deixar. Fica tranqüilo – respondeu o velho, a cabeça baixa tanto quanto lhe deixavam os anos e o medo, numa voz que precisava esforçar-se para aparecer.

Passaram os dois desconhecidos em frente ao carro, atentos à sua conversa desatenta, sem sequer ver a dissimulada dupla que, de maneira incomum, olhava o chão do Passat. Otávio chegou a escutar o que diziam, comentando algo sobre a violência nas estradas com a mesma despreocupação com que falariam sobre o tempo. Eram vozes mansas, desapaixonadas, que falavam apenas para ocupar o espaço do caminho, e perderam-se rapidamente quando os homens dobraram a esquina. Precisavam sair logo dali, pensou Otávio Augusto, antes que os dois voltassem e, abastecidos de assunto, tivessem o tempo de perceber como eram estranhos o velho pálido e o jovem bem vestido movendo-se no Passat como robôs mal articulados.

– Agora vamos! – ordenou ele. – Pára de tremer e liga este carro!

Na primeira tentativa, o homem não conseguiu, tamanho o seu tremor. Tentou novamente, buscando manter firmes as mãos antigas, enquanto começava a rezar baixinho uma oração que, aos ouvidos desacostumados de Otávio Augusto, parecia o Pai-Nosso. Dessa vez, o velho conseguiu ligar o Passat, e o rumor descompassado soou mais alto que o seu agradecimento a Deus por aquela breve ventura. Acelerou, a marcha ainda em ponto morto, apenas para que o motor recuperasse a força recém-desligada, e depois engatou a ré. O carro moveu-se num sacalão nervoso e estabilizou-se. O velhote manobrou com dificuldade, engatou a primeira e mirou Otávio com olhos débeis:

– Para onde a gente vai, moço?

– Pro lado de Camaquã, eu já disse! – gritou Otávio Augusto, rispidez que o assustou quase tanto quanto o velho. – E outra coisa: olha pra frente! Não fica me olhando, entendeu? – e empurrou o revólver na costela do outro, que gemeu mais da ameaça que da própria dor. Passaram ao largo das bombas de gasolina, e o homem lembrou, num risco recolhido de voz, que o tanque precisava ser abastecido. Otávio Augusto percebeu que o marcador estava próximo da reserva, mas considerou que era o suficiente para alguns quilômetros despreocupados. Depois, quando estivesse sozinho e não houvesse o perigo de que qualquer grito do velho pusesse tudo a perder, encheria o tanque do carro.

– Segue em frente. Com o que tem no tanque, a gente vai até o inferno – e extasiava-se, feliz em seu papel de bandido de televisão, as frases de seriado estrangeiro fazendo efeito nos ouvidos apavorados do velhustro. Este, decidido a jogar a sorte às mãos divinas, arregalou os olhos à menção da morada dos demônios e começou a rezar ainda mais alto: – Pai nosso, que estais no céu, santificado seja o vosso nome, seja feita a vossa vontade...

– Reza mais baixo – ordenou Otávio – porque senão vai ser a última oração da tua vida. – Parou um instante e depois completou, exercício novo de crueza. – E não me inventa de mijar no banco, que a coisa piora para ti. Entendeu?

54

O homem não conseguiu responder nada. Apenas sacudiu a cabeça afirmativamente, num movimento curto, sem fazer nada para evitar as lágrimas que começavam a escorrer-lhe, miúdas como ele, pelas faces alquebradas. Baixou o volume da oração, que se transformou num murmúrio diminuto, apenas restos de palavras mastigadas pela boca sem dentes, e a Otávio Augusto pareceu que endurecia os músculos das frágeis pernas, contraindo a parte baixa do corpo, para evitar qualquer descontrole da urina. Otávio sentiu uma espécie de compaixão momentânea pelo velho – quantos anos teria, o pavor idoso que o embaraçava agora – e achou melhor tranqüilizá-lo um pouco. Se o outro tivesse um ataque cardíaco enquanto dirigia, isso não ajudaria nada.

– Não chora, tio. Fica frio e só faz o que eu mando, que nada de ruim vai te acontecer. (O que faria com o homem?)

O carro já estava na estrada e rodava a sessenta quilômetros por hora, velocidade que dava a Otávio a oportunidade de pensar na estratégia correta para estar sozinho quando passasse pelo pedágio.

– Como é teu nome? – perguntou ao velho, sem baixar o cano do revólver.

– Idalino – o outro respondeu, interrompendo a oração.

– E tu é católico, Idalino?

– Sou, sim, senhor. Muito – o velho o chamava de senhor.

Só então Otávio Augusto reparou no interior do carro com mais acuidade e percebeu o pequeno crucifixo de madeira pendurado no espelho retrovisor e o adesivo metálico com a inscrição "Só Cristo Salva". O Passat era bem cuidado, limpo, o estofamento bem conservado, e o painel, com todos os botões em ordem.

– Há quanto tempo este Passat está contigo, Idalino?

O velho pareceu surpreso em seu medo e demorou uns segundos para achar a resposta:

– Uns doze anos, mais ou menos.

– Bem cuidado, ele. Desse jeito, é carro pra durar muito tempo ainda.

– Com a graça de Deus.

– E anda mais do que isso? – Otávio reparou que o ponteiro seguia grudado ao sessenta.

– Não sei.

Otávio Augusto percebia o movimento da estrada e ao redor. Era uma região bem habitada, casas simples e comércios pequenos, gente andando a pé na beira da estrada, sendas de terra levando em direção a empoeiradas localidades esquecidas no tempo. Numa dessas pequenas estradas, sem demora, entraria para deixar o velho Idalino rezando sozinho. Faria isso: andaria alguns quilômetros por esta vereda deserta e, quando não houvesse ninguém e nenhuma casa ao redor, deixaria o velhote. Até que este chegasse ao asfalto, Otávio já estaria longe, teria ultrapassado há muito o pedágio e a polícia que, certamente, estaria por lá a esperar o carro importado.

– E os documentos, onde estão?

O velhote apontou o porta-luvas com um sinal débil, indeciso. Otávio apanhou-os com a mão esquerda, enquanto a direita seguia empunhando o revólver, junto à barriga. Examinou-os num olhar breve, sem deixar de reparar nos movimentos do velho apavorado e teso que dirigia grudado ao volante. Estavam em ordem. Ótimo.

– Tu mora em Camaquã, Idalino?

O homem respondeu num aceno afirmativo.

– No centro da cidade?

– Pra fora. – o outro respondeu, meio espantado.

– E estava onde?

– Fui passar uns dias na casa da minha filha, em São Jerônimo. Ela anda meio mal de saúde e fui ajudar na casa. Hoje de manhã, estava voltando para Camaquã – o homem tentava se acalmar, mas as palavras saíam igual cuspilhos, úmidas e difíceis, e ele acentuou o "estava" com uma entonação urgente e desesperada, como se nunca mais fosse retornar.

– Então tua filha melhorou? – perguntou Otávio Augusto.

– Com a graça de Deus.

Ele apenas interrompia as orações nos exatos tempos das respostas. De resto, prosseguia mastigando preces, num zunido enervante e que enchia o carro. Otávio resolveu ligar o rádio, mas não teve paciência para sintonizar algo sem chiado, e desligou-o logo depois. Melhor ficar sem rádio, pensou: precisava prestar atenção aos caminhos e movimentos do velho. Nada que o desviasse. Andaram alguns quilômetros sem qualquer conversa, apenas o murmurinho da reza e o barulho evidente de motor antigo acompanhando a viagem. Lembrou-se do pouco combustível e olhou novamente o marcador: não havia exagero nas palavras do velho, o ponteiro indicava preocupação. Precisava resolver logo o problema, razão pela qual decidiu que entrariam na primeira estrada erma que encontrasse.

– Vai devagar, porque logo a gente vai sair da rodovia – ordenou ele a Idalino.

– Certo, moço – o outro concordou, pisando no acelerador com leveza ainda maior e reduzindo a marcha do Passat a cinqüenta por hora.

Não demorou muito. À direita da BR, havia a estrada que sumia em direção a alguns morros que se divisavam, distantes, num verdor baixo e de poucas árvores, e Otávio Augusto resolveu entrar ali. O velho atendeu a ordem numa freada precipitada e perigosa, obrigando ao desvio o caminhão que vinha logo atrás. Torceu o volante à direita e, antevendo a possibilidade de seu destino num lugar despovoado, começou a rezar ainda mais alto, medo que beirava o descontrole.

– Pra onde o senhor vai me levar, moço? – perguntou ele, olhos fixos adiante, recomeçando a chorar com mais força.

– Não sei – respondeu Otávio Augusto. – Colabora, que nada de ruim vai te acontecer. Colaboração é uma palavra mágica. E tem outra coisa: reza mais baixo, que isso me incomoda.

– É que eu não consigo!

– Consegue, sim. Reza só para ti, não precisa rezar por mim – e cutucou as espáduas de Idalino com a boca do revólver, apenas para lembrá-lo de quem mandava na situação. E Otávio Augusto não estava exagerando: o zunido intermitente daquelas orações já estava começando a deixá-lo nervoso (mais nervoso).

Margeando o início do caminho, havia meia dúzia de casas com pinturas avermelhadas da poeira eterna, o armazém de secos e molhados e uma oficina mecânica. Na frente das casas, crianças dividiam os pátios de terra com cães e galinhas tranqüilas, estas paisagens bucólicas que tanto agradam aos olhos citadinos quando saem de férias. Árvores frutíferas comuns – bergamoteiras, laranjeiras, dois ou três pés de goiaba – espalhavam-se nos terrenos. Por trás de algumas casas podiam-se divisar pequenas estrebarias, nas quais se abrigariam a vaca leiteira da família e o cavalo puxador da carroça. Hortas bem cuidadas serviam para encher as mesas de alfaces, tomates e rabanetes em conserva – o excesso da produção talvez fosse vendido nas tendas à beira da estrada. No lado esquerdo, um açude atravessava as terras, e dois garotos tentavam a sorte matinal com seus caniços de taquara fina. Tudo muito tranqüilo, pensou Otávio, e ruim: o quadro exato para chamarem atenção.

O bucolismo externo contrastava-se à agitação crescente do velho Idalino, que começou a perder o controle no mesmo instante em que percebeu que o carro se dirigia a um lugar deserto, onde qualquer pedido de socorro seria mudo. As veias do pescoço recrudesceram de modo involuntário e um sangue mais espesso pareceu correr por elas, regando de vermelho todos os vasos de uma cabeça que, rubra e palpitante, tinha jeito de querer explodir. Certo tremor pávido tomou conta dos setenta anos do homem, tornando o rumo do carro ainda mais inconstante. Ele se enxergava morto em breve, e as orações redobradas pareciam encomendar a alma a espíritos maiores – o "Pai-Nosso" saía de sua boca, agora, como um grito de guerra, arma definitiva e última de quem decidira não ter mais nada a perder.

Otávio gritou que se calasse e empurrou a arma nas vértebras secas do velho, mas isso não fez efeito. Pelo contrário: aos gritos de Otávio, Idalino aumentava o volume das orações para certificar-se, a cada instante desta história de terror, que ainda estava vivo. O pavor ia além de seu controle, lágrimas convulsas obnubilavam o caminho enquanto ele entregava os desígnios da vida a Deus Todo-Poderoso, em brados que não pareciam provir de um corpo tão frágil.

Não dava para continuar assim por muito tempo. Era impossível andar os vários quilômetros desejados que os separassem dos elementos humanos da paisagem e os deixassem num lugar onde não passava ninguém. Não: Otávio teria que se livrar deste velho fiasquento logo que pudesse, e isso significava encurtar o caminho. Logo que desaparecessem as casas e este movimento parado de pequena vila, deixaria o outro no primeiro mato que enxergasse.

Demorou pouco, não mais que três quilômetros. A curva fechada e a vegetação mais ou menos alta, bem próxima à estrada, com pequenos matos intocados, auxiliaram na decisão. Entrariam na brenha e, lá no meio, deixaria o velho amarrado nas próprias roupas. Até que ele conseguisse soltar-se e recuperar-se do susto, Otávio Augusto já teria atravessado qualquer fronteira.

(Atravessar fronteiras – a idéia passou zunindo por Otávio pela primeira vez naquela manhã.)

– Pára o carro, agora! – ordenou, numa voz sem margem para dúvidas.

— Mas o que é que o senhor vai fazer comigo? – o velho tremia, incontrolável, mas não parava o automóvel.

— Pára esta merda agora, eu já mandei! – repetiu Otávio Augusto e, como o outro não atinasse no que fazer, atravessou a perna esquerda em direção aos pedais e pisou no freio com violência, raiva. Raiva: era o que tinha daquele velho. O Passat interrompeu-se, brusco, e o rosto do homem arremessou-se em direção ao volante. Quando voltou à posição anterior, o sangue do nariz já se misturava ao choro das palavras que, em gritos, lhe saíam desesperadas.

— Moço, o senhor vai me matar! Olha o meu nariz, olha o meu nariz! Quebrado! E eu nunca lhe fiz nada, desgraçado! Demônio, filho de um diabo! – o desatino do velho o livrava momentaneamente do medo e ele gritava sem pejo o que considerava os mais altos impropérios. Estava fora de si e talvez pouco lhe importasse a possibilidade da morte; o pavor havia pulado o muro da razão e ele berrava aos borbotões, não porque esperasse a aparição de algum salvador, mas porque não conseguia mais parar. Gritava, e seus uivos desgranidos, varando as janelas fechadas do carro, podiam ser ouvidos ao longe.

Não vou me ferrar por causa deste velho, pensou Otávio. Largou o revólver no colo e, com a mão livre e desajeitada, acertou um soco na têmpora direita de Idalino. Foi um golpe mal dado, que não seria ameaça a qualquer adversário mais forte, mas cuja força era suficiente para abalar aquele velho miúdo de setenta anos. O outro arregalou os olhos, surpreso e dolorido, e voltou a si; começou a chorar baixinho, choro pungente e pequenino de criança, entregue ao pavor sem outra reação. Em outras circunstâncias, talvez Otávio Augusto sentisse alguma pena daquele homem desabado, lembrasse de um avô ou algo assim. Mas hoje, não: certa mudança se instalara nele sem que ainda sequer soubesse, e tudo que sentia era muita raiva do velhote.

– Chega de frescura! – gritou, com dor na mão direita, porque seu dedo anular havia batido na parte dura do osso de Idalino. – Desce do carro, já, e sem inventar bobagem! – Como se o velho pudesse, setenta anos frágeis no meio do fim do mundo. O homem desceu devagar, juntando o que lhe restava das pobres energias, e apoiou-se indefeso na lateral do Passat. Parecia prestes a cair ou a ter um ataque cardíaco, e de novo rezava baixinho. Otávio pegou a chave do carro e colocou-a no bolso, rápido; depois desceu e chamou o velho.

– Vem, vamos dar uma volta – e apontou para o mato ao lado.

O homem começou a andar em passos medidos para não desabarem e, após alguns metros, estacou, como se lembrasse de alguma coisa importante.

– Posso levar o meu crucifixo junto? – a voz era quase um sussurro.

– Contanto que reze baixinho. – Otávio Augusto acedeu, esfregando o dedo.

Crucifixo enrolado nas mãos, o velho entrou trôpego no mato, seguido por Otávio. Caminhavam escolhendo os pequenos clarões existentes entre as árvores, enredando-se em galhos finos, cipós e barbas-de-pau, e enchendo-se ambos de migalhas de madeira. Otávio Augusto empunhava a arma feito *gangster* norte-americano dos anos trinta, decidido e urgente, e com ela empurrava Idalino para que sumissem mais depressa, enquanto este caminhava como podia o peso dos seus anos e do seu medo, chorando e rezando baixinho. Era inaudível o Pai-Nosso, mas ele parecia aumentar o volume, mesmo sem perceber, quando chegava ao "Seja feita a vossa vontade" e "Assim como perdoamos a quem nos tem ofendido"; Otávio tomava aquilo como provocação.

Andaram cinqüenta passos suficientes, tropeçando em tocos e galhos atravessados, lanhando-se em espinhos e pontas, emaranhando-se nas folhagens, enchendo a roupa de pega-pegas minúsculos. O velho arfava e parecia sentir cada metro como um último caminho, enquanto Otávio repetia, para não esquecer-se, que era senhor da situação. E assim decidiu que já era hora.

– Pára aí, Idalino – ordenou, fazendo com o revólver um gesto desnecessário de comando.

Não foi preciso repetir. O velho parou, tremendo inteiro, inerme e entregue. Apenas gemia baixinho, com a intensidade possível, e implorava a Otávio Augusto que não o matasse. Pelo amor de Deus, ele pedia, o sangue mucoso a escorrer-lhe pelo nariz.

– Colabora, já falei. Colabora, que não vai te acontecer nada – e Otávio já começava a se preocupar com um novo descontrole do velho, um ataque naquele coração amassado, grita descomedida que chamasse um doido qualquer e pusesse tudo a perder (tudo o quê?). O silêncio era preciso, nenhum ruído que desfizesse aquele equilíbrio campestre. Qualquer grito do velho e tudo poderia voltar: as crianças, a polícia, as pessoas correndo em direção ao seu carro, a carga toda. Idalino não podia gritar.

– Tira a roupa, tio.

O outro estava assustado demais para surpreender-se. Apoiou-se em uma árvore, e dos seus movimentos tristes foi surgindo um corpo branco e descaído, as costelas trementes subindo e descendo num ofego oscilante, os braços murchos de quem desconhece a força física. Quando terminou de tirar a camisa, limpou o sangue que lhe escorria do nariz, denso e lento, e depositou-a, com cuidado inexplicável, num galho baixo que havia próximo. Após, com os moveres possíveis e acrescendo vergonha ao pavor que sentia, puxou as calças. Foi difícil fazê-lo (eram tremores além da conta), mas, depois de um minuto, o velho conseguiu livrar-se do pano que lhe cobria a parte inferior do corpo e dali brilharam dois cambitos arroxeados e indefinidos, nos quais os joelhos negavam-se a ficar quietos. Quando teve a calça livre nas mãos, baixou o rosto e não soube o que fazer – e foi percebendo a mancha úmida, que emanava do tecido barato, que Otávio Augusto deu-se conta de que o velho não havia conseguido reter a urina. Mais essa, ainda: as calças mijadas. A raiva aumentando.

– Não mijou no carro, porco?

O velho tentou responder, mas a voz não lhe saiu; nem as orações eram escutáveis, agora. Apenas sacudiu a cabeça de um lado para o outro, olhos fechados de tanta humilhação, as lágrimas misturadas ao ranho e ao sangue. Tinha cem anos, e Deus não podia estar lhe dando esta provação.

– Ainda bem – respondeu Otávio ao gesto esmaecido do outro. – Não quero sentar num banco fedendo. Depois olhou a figura desvalida do velho e quase achou que poderia deixá-lo solto. Mas não era hora para comiseração.

– Bota as mãos para trás e vira de costas para mim.

Idalino obedeceu. Otávio Augusto pegou a camisa pendurada no galho, poliéster suarento e puído, e enrolou-a numa tira grossa e resistente. Depois, juntou as mãos do velho e atou-as bem apertado, até que as veias cansadas parecessem prestes a saltar pelos dedos. Atadas as mãos, reforçou a segurança cingindo-as com o crucifixo, tomando o cuidado de fixar bem a cruz, a fim de que suas pontas não permitissem a liberdade. Feito isso, empurrou com o bico do sapato as dobras das pernas do velho, que se ajoelhou debilmente, pronto para receber de olhos baixos o golpe de misericórdia. Pegou as calças molhadas com um cuidado cheio de nojo e, juntando estreitas as pernas rotas e úmidas de Idalino, amarrou-as na precisão necessária. Depois, levantou-se e, revólver na mão dolorida, olhou aquela cena grotesca deitada aos seus pés: o corpo diminuto e quebradiço, o rosto contra o chão, tremendo e chorando o quanto lhe deixavam os setenta anos, a nudez indecorosa coberta apenas pela cueca, as meias soquete e uns sapatos rotos cuja imitação de couro passava longe da verdade. Um chute nas vértebras e o velho desmontaria, pensou Otávio, crueldade recém-descoberta – aquela sensação perigosa de poder absoluto, em geral seguida de intenções à bobagem, que acomete o ser humano comum em situações como essa. Mas não se deixou levar por esta facilidade; não era preciso tanto. Apenas tirou os sapatos do velho e, com as pontas dos dedos, descalçou-lhe as meias de calcanhares inexistentes.

Depois, fazendo com ambas uma massa única, empurrou-as adentro da boca desdentada de Idalino para certificar-se de que demorariam os gritos pedindo socorro.

Estava bom assim. Mas não estava. Faltava a segurança maior, a certeza de que o velho não conseguiria falar até que Otávio Augusto estivesse num lugar seguro e distante. Mirou a nuca pálida do homem e seus cabelos palhiços, cheios de pó e de verdes; depois agarrou o revólver pelo cano e sopesou-o, buscando saber o real peso da coronha. Ajoelhou-se ao lado deste homem cujo rosto nunca mais veria e baixou-lhe a arma pouco atrás da orelha, golpe seco e áspero. Ouviu-se o baque surdo da violência, seguido de um grito emudecido pelas meias; depois, nenhum barulho – e o velho havia parado de tremer.

O dedo dolorido e a cabeça estalando (os ossos quebrados das crianças, o estalido da arma na nuca do velho).

Otávio Augusto entrou no Passat, tremendo novamente. Olhou o relógio e passavam vinte das dez – a reunião estava cancelada, decerto já estariam preocupados na metalúrgica, o telefone celular respondendo que estava desligado ou fora da área de cobertura e o tio querendo saber onde andaria o sobrinho. Meu tio: seu sobrinho atropelou duas crianças e fugiu, fumou uma tora inteira nesta manhã e escapou de uma barreira policial, acaba de roubar um carro e deixou um velho igual ao senhor, tio, sangrando, com um par de meias enfiado na boca, seu sobrinho fez tudo isso e a manhã ainda nem chegou ao final. Seu sobrinho, meu tio, não sabe sequer para onde ir e tem certeza de que está fodido.

Mas pouco importava isso. O que importava era seguir adiante.

Virou a chave, e o automóvel engasgou, tossiu duas vezes e apagou. Calma, rapaz, falou Otávio Augusto, um pouco para o carro e um pouco para si mesmo. Tentou novamente e desta vez conseguiu; o Passat pareceu esforçar-se em atender estas mãos novas que o dirigiam, desconhecedoras de todos os seus segredos, e firmou o motor num giro rápido. Otávio colocou a primeira marcha e tirou o pé da embreagem com cuidado – estes carros mais velhos costumam saltar quando começam a marcha –, e o Passat obedeceu dócil à ordem que lhe dava. Olhou o ponteiro do combustível e este se mexia pouco, o suficiente apenas para andar alguns quilômetros; no próximo posto da rodovia, precisaria abastecer. Mas fora esta preocupação urgente, o carro parecia andar bem. Decerto Idalino cuidava dele como se fosse novo.

Otávio percorreu breve o caminho que o separava da rodovia, sem prestar qualquer atenção à rara paisagem humana – meninos jogando bola num campinho improvisado, alguns passeantes caminhando à beira da estradinha, figuras lavrando a terra ao longe – mais para que a paisagem também não o notasse. E, sem demora, estava de novo no asfalto. Vamos ver se este carrinho anda a mais de sessenta por hora, pensou. Rápido, sempre rápido – quando Idalino acordasse (se Idalino acordasse), deveria estar longe.

Era um inventário pesado, e o dia ainda não havia chegado à metade. Duas crianças atropeladas e a fuga automática, o olhar infantil da morte ferindo o seu olhar; a escapada da barreira policial, que ainda deveria estar procurando por seu carro; o roubo deste Passat que agora lhe servia como esperança; o baque seco e duro na cabeça de um velho que talvez não acordasse mais. O estranho nisso tudo, admirou-se Otávio (mas nem tanto), era a sua já pequena surpresa, o medo reduzindo-se a cada instante. Havia dentro de si certa tranqüilidade estranha e desesperada, a calma dos que não têm mais nada a perder no jogo e podem jogá-lo sem outro compromisso que não o de ver até onde conseguem ir. O que estava feito estava feito. Mais adiante, iria pensar na estratégia para resolver tudo – ia pensar, ia pensar, claro que ia. Só que já não poderia ser no sétimo posto de gasolina. O velho sanguinolento com um par de meias na boca e este Passat desconhecido determinavam que fosse mais longe, mais longe. Sair daqui. Encher o tanque e sair daqui. Depois pensar. A vida é feita de desafios, haviam-no ensinado os livros de auto-ajuda, e todos precisam ser superados. Este dia era apenas mais um desafio – dos grandes, é verdade –, e de alguma forma teria que chegar ao fim. E era isso, surpreendeu-se – um pouquinho. É que, de alguma forma e sem que se desse conta, havia ultrapassado aquela borda, a linha estreita e perigosa que separa a razão do destemor impensado.

Olhou a estrada como companheira, cúmplice em seu caminho desvairado: era um novo desafio à frente, e só lhe restava vencê-lo. Ser o melhor sempre; não perder nunca. Otávio era movido por este escopo, esta convicção que se estendia em todos os campos. E agora não era diferente: a polícia não iria vencê-lo neste jogo intrincado e que recém começava. Ninguém o pegaria. Otávio Augusto calculava seus destinos, e isto encampava a necessidade de saber agir quando fosse preciso. Assim, estava definido: ninguém iria pegá-lo. Iria procurar a polícia – talvez – e entregar-se, quando já tivesse pensada a solução. Estratégia, sempre.

Mas para solver todo este pacote de problemas, repetiu, não lhe bastava ir até o sétimo posto de gasolina. A marca agora era outra; era preciso ir mais longe, livrar-se da possibilidade de qualquer pressão ou temor enquanto decidisse. Precisava estar livre de olhar a toda hora pelo retrovisor para ver se não havia a polícia a persegui-lo. Era preciso estar longe de onde o conhecessem, pensar sem sobressaltos, sem desconfiar de qualquer pessoa com que cruzasse. Precisava respirar, enfim.

O destino não era mais o sétimo posto de gasolina.

Era preciso atravessar a fronteira.

O destino era o Uruguai.

Mas antes do Uruguai, riu Otávio, o destino ainda era o posto de gasolina; o primeiro que encontrasse. O Passat trafegava em marcha tranqüila, andar de automóvel bem cuidado (a mancha rubra borbotando no pescoço descomposto do velho), mas o ponteiro já estava encostado em seu fundo. Sorte que a BR, neste trecho, tem vários postos. Otávio Augusto imaginou a cena e deu uma gargalhada: o carro sem combustível justamente na parada do pedágio, e ele sendo auxiliado pela polícia pronta a atacar certo automóvel importado que ainda há pouco fugira de uma barreira e que nunca passaria.

Olhou o relógio e naquela hora percebeu que sentia fome. A manhã cheia e tensa, desafios novos e estratégias imediatas, esforço do corpo desacostumado, o ranger engastado no estômago – esta manhã mal nascida demandava almoço prematuro. Ao mesmo tempo, Otávio sabia que só poderia parar mais adiante. Depois que abastecesse, passasse o posto de pedágio e a inevitável polícia, já recuperado em sua calma, iria comer.

A enorme concha pendurada à beira da estrada sinalizou a estação de combustíveis, à esquerda. Otávio Augusto tomou o acostamento com lentidão aliviada e esperou que o movimento arrefecesse para atravessar a pista; o Passat engasgou quando retomou a marcha, um pouco porque já não lhe restava qualquer gasolina, um pouco pela falta de carinho destes pés novos que o dirigiam, mas atravessou dignamente a estrada, como a dizer que não era carro para render-se. Otávio levou-o em direção à bomba com vagareza intencional, preparando-se e querendo estar composto, aprontando-se para nem sequer conversar com o frentista, sem suspeitas, sem arrebentar os nervos que lhe esticavam a pele. Mas não ia acontecer nada, garantiu-se; não era homem de se atrapalhar por nada.

Estacionou ao lado da bomba de combustíveis e aguardou, por uns segundos impacientes, a chegada do frentista. Este apareceu com um sorriso solícito, no qual a falta de alguns dentes pouco atrapalhava o brilho; era um mulato franzino e com ares de esperto, pano desnecessário jogado sobre o ombro.

– Bom-dia, chefe. O que é que manda?

– Um sanduíche e um guaraná – a intolerância de Otávio Augusto era bem maior que seu controle.

– Como? – o mulato sobressaltou-se, o sorriso desdentado dando lugar a uma fímbria imediata de preocupação.

– Enche o tanque, porra! Se eu trago o carro num posto de gasolina, é porque eu quero abastecer, não é?

– Desculpe, chefe. É que eu pensei...

– Não pensa. Enche o tanque – não ia discutir com o frentista, tantos problemas mais importantes a resolver.

O outro mirou-o com olhos transformados em arma, mas seguiu achando melhor não dizer nada – o próximo cliente seria mais simpático.

– Álcool ou gasolina? – limitou-se a perguntar.

– Não sei. Vê aí no tanque, pelo cheiro. Esse carro não é meu – e adendou, como se justificasse. – É emprestado.

Toda essa importância e andando num Passat emprestado, desconfiou o frentista.

– Precisa abrir o tanque – explicou.

Otávio Augusto procurou no painel algum botão que..., mas não encontrou nada – carros da década de setenta não eram sua especialidade. Alisou a parte inferior do quadro, como se lá pudesse estar algum comando escondido, mas não sentiu qualquer resposta. Abriu o porta-luvas (velhos cheios de mania podem inventar tudo para proteger seu carro) e, por mais que passasse a mão em suas paredes simples, não havia nenhum botão que lhe resolvesse este imediato problema. Apalpou as costas do volante, mas nada. Por fim parou, buscando com os olhos uma solução última, e outra vez pensou que aquilo não precisava estar acontecendo, enquanto o mulato, mão repousada na janela do automóvel, apenas esperava e gozava em silêncio sua pequena vingança.

– Onde fica o botão para abrir o tanque desta porcaria? – cedeu Otávio, dando um tapa na direção.

– É na chave – respondeu o outro.

Otávio Augusto procurou no molho de chaves este comando mágico e impossível, apalpando-o, mas também não encontrou nada.

– Como, na chave? – e tentou imprimir alguma superioridade na pergunta, mas só conseguiu falsear a voz, tornando-a mais frágil. O frentista estava vencendo a briga que não sabia estar lutando.

– O senhor me dá a chave que eu abro o tanque.

– E por que tu não me disse isso antes?

– O senhor não me perguntou, chefe – agora o mulato já sabia da briga.

Otávio entregou-lhe o molho de chaves com violência, mas o mulato recebeu-o com certa doçura impávida. Depois, abrindo o tanque com uma facilidade antiga, colocou a bomba em movimentos precisos e começou a enchê-lo, enquanto assobiava um samba que tocava pouco em rádios – estas músicas com que às vezes acordamos e que nos acompanham o dia. Quando passou um colega, interrompeu o assovio e comentou, em voz baixa, mas sem se importar verdadeiramente em não ser ouvido, apontando o Passat com o queixo:

– Nervoso, o rapaz.

O colega fez-lhe apenas um sinal positivo e seguiu seu caminho em direção a outro carro menos problemático. Mas Otávio Augusto, todas as armas em guarda, escutou. Pondo a cabeça para fora da janela e considerando ameaçador o conjunto de seu rosto, disparou:

– Cara, quando eu quiser um psicólogo, eu pago e vou! Agora, só faz o teu serviço!

O frentista entendeu pouco o comentário, mas soube que não era elogio. Assentiu com a cabeça, vitorioso em seu silêncio superior, e passou-lhe pela cabeça que tamanho nervosismo não era comum. Aliás, o conjunto não era: este rapaz de mãos lisas e em boas roupas, mesmo que algo desfeitas, aparecendo num carro que não tinha seu jeito, como se estivesse para vencer um campeonato de irritação, tudo muito estranho. Algo havia. E mais: como é que alguém pega um carro emprestado sem sequer saber se anda a álcool ou gasolina? Tem coisa aí, pensou o mulato, enquanto encerrava o abastecimento, cuidando para que nenhuma gota transbordasse. Lembrou-se da dupla que chegara no posto há cerca de três meses, o mesmo nervosismo cantando pneus num Opala preto, cujas fotos tinha visto depois num jornal de Porto Alegre, capturados pela polícia, assaltantes que eram. Podia ser o mesmo caso agora, e assim era melhor que o rabugento fosse embora enquanto era apenas isso, nada mais. Limpou com o paninho do ombro a borda do tanque e depois fechou-lhe a tampa, observando o decalque religioso no vidro traseiro do carro. Por fim, pediu ao motorista que conferisse o preço na bomba, enquanto lhe devolvia o molho de chaves.

Otávio Augusto resolveu pagar em dinheiro a fim de não deixar o nome pendurado no posto. Ao pegar a carteira no bolso de trás, o movimento do corpo destapou o revólver ainda esquecido na cintura. Apressou-se a reescondê-lo, mas os olhos subitamente assustados do mulato, semidebruçado à janela do carro, não lhe deixaram dúvidas de que tinha visto algo a mais.

– Quem anda na estrada precisa estar preparado – comentou Otávio, seco, enquanto contava as notas necessárias. Depois, estendeu-as ao mulato, que as pegou sem resposta, silente em seu medo novo, apenas desejando que este doido do Passat fosse embora logo. – Pode guardar o troco – e o frentista lembrou que os assaltantes de meses atrás também lhe haviam deixado gorjeta, mais preocupados em ganhar a estrada do que esperar o resto do dinheiro.

Otávio Augusto desconsiderou a falta de agradecimento, enquanto já ligava o motor e engatava a primeira marcha, ao mesmo tempo em que o frentista se afastava do carro em passos assustados. Quando arrancou o automóvel, verificou pelo espelho retrovisor que o mulato anotava, num papel qualquer, a placa do Passat.

Bosta, pensou Otávio, outro complicador. Aquele mulato banguela e enxerido e suas anotações garranchosas podiam ser problema. Era daquele tipo de gente que dava ganas em Otávio Augusto, a pessoa sempre pronta para ajudar sem receber nada em troca, destas que varrem a sua calçada e a do vizinho todas as manhãs, sorriso benévolo grampeado nos lábios, e que nas campanhas comunitárias sempre colocam o próprio nome à disposição. Se a polícia aparecesse por ali, o frentista estaria pronto para colaborar, fascinado pela autoridade dos uniformes e pela potência da caminhonete, não esperando mais que um tapinha nas costas como agradecimento; entregaria o papelzinho anotado, amassado e cheirando a gasolina, depois gozaria por uns tempos do olhar admirado dos colegas. Nada mais; o mulato não ganharia nada, mas já era ameaça, calculou Otávio – por que é que existe gente assim?

Estava claro que não voltaria ao posto de gasolina, armando confusões desnecessárias. Mas precisava precaver-se, e o mais fácil seria trocar as placas do Passat. Faria isso depois de passar o pedágio – a angústia de ultrapassar a polícia era maior que a cautela.

O automóvel parecia andar melhor, agora que estava com o tanque cheio. O ponteiro indicava quase cem quilômetros por hora, velocidade à qual o Passat não estava acostumado, mas ele respondia bem aos reclamos do novo motorista. Otávio olhava a estrada, para a frente, fixo nesta faixa de asfalto que se estendia mais e mais, e não pensava em nada a não ser ultrapassar a ameaça que agora, carro novo e abastecido, lhe devolvia o suor frio às mãos. Não via a estrada além do necessário, não atentava aos carros que passavam, pouco reparava nos sinais e placas de trânsito, a paisagem ao redor lhe era inexistente; o que existia era o pedágio a ser vencido daqui a pouco, a polícia esperando pelo enorme carro importado.

Não tentou conter o grito – brado de guerra, jeito breve de expulsar o medo e juntar os cacos de coragem – quando enxergou, ao longe, a construção que atravessava a estrada de lado a lado. O pedágio, enfim, o aparato policial esperando com possíveis metralhadoras, walkie-talkies e megafones, Otávio Augusto pagando e passando por tudo isso como um motorista qualquer, perguntando ao funcionário do posto o que era tudo aquilo e o outro respondendo que andavam atrás de alguém que fugira de uma barreira policial, responderia qualquer besteira, e pronto: a estrada livre.

A construção se aproximava, rápida, e Otávio querendo cumprir a velocidade exata indicada nas placas, talvez aproveitando os restos de uma angústia que terminaria daí a algumas centenas de metros. Já divisava o bloco de concreto atravessando a pista e as cabanas canadenses, uma em cada lado, aqueles ambientes airados nos quais os motoristas e famílias repousavam suas pernas e costas cansadas entre máquinas de café, Coca-Cola e pacotes de salgadinhos de preços variados. O Passat ia em marcha fixa, enquanto o coração de Otávio parecia palpitar por todo o corpo, maior que o peito e mais audível que o motor, ansioso e apavorado pelo enfrentamento; meia dúzia de metros a mais, e seria a hora do dia; passasse agora, e o Uruguai estaria ao lado. Mas era preciso que tudo desse certo, que o Passat não chamasse atenção, que valesse a pena a coronhada no velho (a nuca vermelha de Idalino, o tremor de seu corpo contra a terra), que pagasse o pedágio, pacato cidadão, e na saída ainda saudasse os policiais em apronto com um aceno respeitoso da cabeça. Faltavam apenas poucos metros, e as pernas de Otávio Augusto recomeçavam a tremer.

Mas não havia nada.

Nada!

Nenhum aparato, operação, nenhum policial armado fazendo das caminhonetes o seu escudo, nenhuma barreira metálica, nem sirenes interrompendo o dia com seu som vermelho e branco.

Nada.

Otávio Augusto não sabia se gritava de alegria por vencer o obstáculo inexistente ou de raiva por todos os esforços desnecessários. A estrada estava à frente, toda; e atrás, escondido num mato negro de acácias, o carro que não precisava ter abandonado e que já o teria levado muitos quilômetros a mais do que esta tartaruga dos anos setenta, que teimava em não alcançar os três dígitos no velocímetro. E não havia volta; o caminho só existia para a frente. Pensou com amargura no suor dispensável, no escusado nervosismo, na bola inútil pesando no estômago nestas horas últimas, Otávio inteiro se construindo em camadas duras para este desafio que não acontecera. Tudo por nada: o roubo do carro, o desvio, um velho que talvez não pudesse mais ajudar a filha doente.

Mas, enfim, era pagar e seguir adiante, esquecendo-se do retrovisor – porque é impossível voltar atrás.

Agora era a estrada, e o caminho já estava decidido; no ano passado, tinham visitado Punta del Este por terra, ele e Claudia, mais um casal de amigos, e viajado por este caminho. Ia até Pelotas, entrava em direção a Rio Grande, depois aquela reta inacabável do Taim, o Chuí e o Uruguai. Algo assim como quase quatrocentos quilômetros até o Chuí, que precisariam ser vencidos ainda neste dia no Passat. Depois, o carro ficaria abandonado em qualquer lugar, relíquia pronta a ser devolvida a um desesperado Idalino – se este pudesse recuperá-lo –, e ele cruzaria a fronteira de qualquer outro jeito, de táxi, ônibus, carona, a pé. Mas cruzaria, não tinha dúvida – e lá no Uruguai, desacossado, saberia bem como agir.

Quatrocentos quilômetros com este carro, cuidando para que ele fosse bem e nenhuma polícia desconfiada lhe cruzasse o caminho. Dava para fazer. Mas precisaria comer algo e trocar as placas da desconfiança. Primeiro, as placas; depois, mais descansado, algum sanduíche no caminho.

Passou por um cartaz indicando que Barra do Ribeiro estava a vinte e oito quilômetros; era à esquerda, às margens do rio Guaíba, quase na embocadura da Lagoa dos Patos, que se estendia ao lado, massa de água mais ou menos próxima, até se misturar ao mar, na altura de Rio Grande. A maior lagoa do mundo, ensinava a professora de Geografia, enchendo de orgulhos os peitos infantis, e também uma das mais belas. Adiante, na reta do banhado do Taim, Otávio Augusto andaria no meio das duas outras grandes lagoas, a Mirim e a Mangueira. Mas Barra do Ribeiro e qualquer vista da lagoa estavam muito mais que distantes; eram lonjura impossível.

O dia estava sendo medido pelos postos de gasolina, pensou Otávio ao dar-se conta de que no próximo pararia para roubar as placas. Mas antes, lembrou, precisaria de um alicate, qualquer ferramenta, uma faca que fosse, que lhe desse a oportunidade de manusear mais rapidamente estes arames e parafusos que as prendem aos automóveis. Afinal, era o mínimo tempo, e, depois de tudo, não podia arriscar-se a ser pego enquanto roubava umas plaquinhas de nada.

A estrada, neste trecho, era estreita e movimentada. Carros cruzavam em marchas regulares, caminhões ocupando a pista inteira em direção ao porto de Rio Grande, gente constante andando pelo acostamento apertado e sobre o qual os capinzais das cercanias teimavam em se estender, o verde invadindo o cinza. Os pedestres davam a Otávio Augusto a segurança de que, em breve, haveria algum amontoado de casas e um ou outro comércio onde pudesse esvair sua necessidade. Passou por um acampamento indígena, pobre atração turística, cinco ou seis barracas de lona amarela e preta, crianças de cabelo escorrido e pele azeitonada brincando de bola com seu cachorro num pátio de chão batido, cestos de palha trançada pendurados numa corda estendida entre duas árvores, um guarani sentado à espera de compradores, olhando o horizonte e estudando a fumaça de um cigarro pensativo. O que fazem estes índios, perguntou-se Otávio Augusto.

Olhou em volta pelo interior do carro, sem descuidar da direção, a fim de procurar um alicate, faca ou chave de fenda. Não havia; era improvável que Idalino, cuidadoso assim, fosse deixar objetos atirados pelo carro. Talvez no porta-malas, junto ao pneu estepe, existisse alguma ajuda, mas isso só veria mais tarde, se não aparecesse algum comércio em que pudesse comprar ferramentas.

Não precisou esperar muito. Logo a seguir, existia um ajuntamento, ladeando uma estradinha de terra que levava a outro destes finais de mundo. Não eram mais que dez casas, estendidas parte na BR e parte nesta nova vereda empoeirada que terminaria numa dessas vilas com nome de santo. Na esquina entre ambas, centrando a paisagem e na mesma lógica aglutinadora de um shopping center, estava o armazém, em cuja parede a inscrição "secos e molhados sortidos", meio apagada por anos de descuido, acendeu a expectativa de Otávio, porque estes botecos de interior costumam ter de tudo.

Estacionou e passou sem cumprimentar por três homens que, sentados num tosco banco de madeira sem encosto, conversavam e dividiam a roda de chimarrão. Os três interromperam por um segundo a conversa, apenas observando este rapaz meio estranho que entrava no armazém com certo rompante, e depois retornaram ao seu assunto sem pressa. O ambiente da venda não era muito claro, as janelas fechadas talvez para conservar melhor os enormes sacos de arroz, milho e feijão que, quase ao lado da porta, eram oferecidos a granel aos clientes entrantes. Atrás do balcão, havia cinco estantes de madeira escura, gasta; debruçada nele, ao lado de um baleiro redondo que serviria para trazer recordações a qualquer um – menos Otávio –, a dona do armazém parecia fazer contas em papel de pão, usando um toco de lápis. Era feia em seus cinqüenta anos, de uma feiúra que deveria ter sido mais grave quando tinha vinte e cinco, e que hoje era atenuada pela proximidade da velhice. Usava vestido floreado, destes de chita simples, e um lenço amarelo prendia seus cabelos branquicentos. Quando viu Otávio, interrompeu os números e incorporou-se, ensaiando um sorriso receptivo.

– Bom-dia – a voz da mulher era bonita e clara; Otávio sentiu-se acolhido por ela.

– Bom-dia.

– O que é que o senhor manda, vizinho?

– Eu preciso de um alicate e uma chave de fenda – respondeu Otávio. – E de um martelo, também, por via das dúvidas.

A mulher não sabia quais dúvidas poderiam estar acometendo o cliente naquele instante, mas não lhe cabia perguntar. O que lhe cabia era vender.

– Vamos ver o que é que eu tenho por aqui. O senhor aguarde só um pouquinho.

Foi até o fundo do armazém, ao final das estantes antigas e repletas de miudezas, e de lá voltou trazendo as ferramentas numa bacia de lata. Vinham sem embalagem e sem marca, cercadas por aquela poeira fina que envolve os produtos pouco vendidos e que a mulher tentou limpar, sem muito sucesso, com um pedaço do papel de pão.

– É esse movimento aí da BR, a gente precisa estar sempre limpando a poeira – ela se justificava, afirmando seu capricho.

– Tudo bem, é assim mesmo – concordou Otávio apenas por concordar, enquanto examinava as ferramentas sem maior critério. Encontrou um alicate pequeno, meio duro, e uma chave de fenda de tamanho mediano, que certamente serviria nos sulcos dos parafusos que prendiam as placas. Não havia martelo; procurou-o na bacia, metendo as mãos enojadas nas ferramentas empoeiradas, mas nada apareceu.

– Martelo estamos em falta – comentou a bodegueira.

Das ferramentas pedidas, o martelo era o menos necessário – a bem da verdade, Otávio pedira-o por pedir, sem vislumbrar-lhe utilidade mais específica. O alicate cortaria arames, a chave de fenda apertaria e desapertaria parafusos; o martelo estaria à disposição se um dos dois não funcionasse, ocasião em que seria utilizado sem muito apuro ou técnica. É isso: queria o martelo para resolver algum problema a marteladas. Mas já tinha o que precisava, e deu-se por satisfeito.

– Não precisa. A chave de fenda e o alicate já me servem.

– Algum problema no carro? Tem mecânico aqui perto.

Ferramentas eram produtos que vendia, vez por outra, para estes que moravam nesta dezena de casas em volta; viajantes só as compravam se houvesse alguma urgência. Ela tentava ajudar, presumindo, e ao mesmo tempo buscava garantir novidades de assunto em seus dias iguais.

– Não. Não é nada – respondeu Otávio, curto, e a mulher entendeu que o problema do cliente não era dela. – Vou levar os dois. Quanto fica?

A dona do armazém informou um preço que Otávio achou alto, mas ele não tinha tempo para negociar. Pegou os objetos e testou novamente o alicate, a ver se o desendurecia, enquanto a mulher recolocava na bacia as ferramentas despejadas no balcão.

– Mais alguma coisa? – perguntou ela.

Otávio Augusto então se lembrou da fome. Procurou ao redor e nada pareceu satisfatório aos seus olhos pretensiosos. A poeira recém-admitida pela mulher, aqueles sacos abertos ao lado da porta, o gato dormindo seu sono espalhado e preguiçoso numa cadeira de palha, a meia escuridão em dia claro, o assoalho consumido pelos anos – o armazém em nada lembrava os ambientes assépticos daquelas lanchonetes insulsas de *fast food* que Otávio Augusto tanto prezava. Mas o dia era diferente, hoje (os olhos de morte da menina), e a fome começava a mandar. Num expositor de vidro, em cima do balcão, havia sorvete seco, maria-mole, rapadura e pipoca doce, além de uns intragáveis salgadinhos de bacon e queijo. A pipoca doce estava em pacote fechado e, assim, mais protegida do pó e das sujeiras diversas que Otávio teimava em enxergar naquele ambiente simples.

– Vou levar um pacote de pipoca doce. Não: me vê dois.

Ela estendeu-lhe os pacotes rosados e quase sem peso.

– Só isso?

– Só – respondeu Otávio. – Quanto fica tudo?

A mulher informou o preço. Otávio pegou duas notas na carteira e confirmou que estava com pouco dinheiro; precisaria passar em qualquer banco eletrônico para garantir-se na viagem. Camaquã deve ter, pensou. Olhou o baleiro oferecendo-se no balcão, cores e sabores baratos enchendo as paredes de vidro, e resolveu pedir o troco em balas. A dona do armazém quis saber a preferência e ele achou que sortido estava bem, contanto que pusesse quatro ou cinco de banana. Aguardou, com as ferramentas e a pipoca na mão, enquanto a mulher ia depositando os doces multicores num pedaço do papel de pão, cuidando para deixar o montinho distante da conta incompleta. Depois, com a rapidez que os anos lhe haviam ensinado, enrolou-as num pacote flácido e entregou-o ao cliente, no rosto o mesmo sorriso de antes.

– Está aqui. Boa viagem – e, quase sem aperceber-se da pergunta. – E o senhor vai para onde, vizinho?

– Uruguai – disse Otávio Augusto, surpreso ante a velocidade da resposta.

– É longe – comentou a mulher.

– Muito – respondeu Otávio, já na porta da saída. Passou novamente sem cumprimentar os homens que seguiam tranqüilos em seu chimarrão e que, dessa vez, não se deram ao trabalho de olhá-lo. Um cachorro magrela, que dormia aos pés do banco e com certeza pertencia a algum dos mateadores, levantou a cabeça apenas por obrigação canina, mas não a sustentou em seu sono, e logo voltou a dormir.

Otávio entrou no carro e depositou as compras no banco do caroneiro. Depois, pegou um dos pacotes de pipoca doce e abriu-o sem cuidado, com força desmedida, despejando algumas no colo e no chão, entre os pés. Esmigalhou os flocos usando o bico do sapato, prazer sádico e inútil: sujava o carro do velho apenas por sujar, apenas porque Idalino o mantinha brilhante e devia lavá-lo todos os domingos pela manhã, reluzindo de orgulho na frente dos vizinhos. Encheu a mão de pipocas e levou-a à boca, o movimento cheio, gordo; o gosto era de isopor com açúcar. Pouco açúcar, bastante isopor. Mastigou-as como se fossem nada e sacudiu as migalhas que haviam caído na camisa, onde as pequenas manchas de vômito seco deviam causar má impressão em quem as visse (e o sangue rebentando nas crianças). Depois repetiu o movimento, tentando sentir outro gosto, enquanto olhava sem perceber os três homens sentados em frente ao armazém – que, por sua vez, haviam parado momentaneamente o mate e observavam, com desconfiança divertida, aquela figura estranha comendo pipoca doce.

– Muita fome, vizinho? – perguntou alto o que segurava a cuia. Os outros dois riram, simpáticos, e o cachorro interrompeu novamente o sono para levantar a cabeça.

Otávio não respondeu, em parte porque já colocava a chave na ignição, em parte porque não era do seu feitio contestar provocações da malta. Girou a chave, e o motor estourou alguns ruídos feios antes de estabilizar-se, fazendo o cachorro abandonar o sono e colocar-se em prontidão, as orelhas apontadas. Depois, dócil, o carro aprestou-se. Otávio engatou a marcha à ré e retomou a estrada, comendo pipocas sem sentir, as mãos pegajosas manuseando o volante em direção à tranqüilidade.

E agora já tinha as ferramentas para que esta tranqüilidade fosse inteira. Precisava roubar as placas, e isso deveria ser feito onde pudesse passar despercebido, sem sobressaltos – Otávio nunca havia sido muito bom em trabalhos manuais e talvez precisasse de tempo extra para desparafusá-las. Imaginou a estrada à frente e tentou rememorar a viagem a Punta del Este, a ver se recordava, nas proximidades, algum restaurante ou posto de gasolina em que pudesse exercer com segurança a sua desonestidade. Lembrou-se de que mais adiante, à direita do caminho, existia um restaurante de grande movimento, no qual as cucas eram famosas pelo sabor e tamanho, paradouro quase obrigatório dos viajantes. Não precisava de ninguém ao redor – mas precisava dos carros em que estas pessoas viajavam, e que estivessem estacionados num lugar onde outro pudesse chegar sem chamar atenção. Não poderia, por exemplo, roubar placas na frente do boteco onde há pouco comprara o alicate e a chave de fenda, mesmo que estivessem dormindo os compadres chimarreiros, porque isso seria o assunto para o mês inteiro – qualquer movimento que saísse daquela estabilidade de anos seria certamente muito visto. Mas neste restaurante de cucas saborosas, em toda a faina móvel e cotidiana, sempre haveria dois ou três carros estacionados mais adiante, buscando a sombra melhor ou algo assim, cujas placas seriam as preias mais indicadas a um larápio iniciante. Na memória visual de Otávio, este restaurante não deveria estar longe.

E não estava. Cuidando o caminho, não demorou dez minutos até chegar. No prédio já começava o movimento para o meio-dia. Ao redor, numa área grande de paralelepípedos, espalhavam-se carros e caminhões, e Otávio já ia percorrê-la no vagar necessário de exame, quando percebeu, no limite esquerdo do terreno, o pequeno estacionamento coberto e meio emparedado, onde os automóveis ficavam um ao lado do outro, em fila única, paralela, e que se estendia da beira da estrada ao limite dos matos. O fundo deste estacionamento, já atrás do restaurante, fora dos olhos das pessoas e próximo dos carros que aguardavam sozinhos o almoço de seus donos, era o que precisava para exercer com maior sossego a sua inabilidade. Deteve o Passat numa das vagas e suspirou fundo, ao mesmo tempo em que decidia não pensar em tudo que lhe acontecia naquela manhã inacreditável, a fim de não ter medo e desistir: quem roubara um carro inteiro não se acovardaria para furtar placas. O saco aberto de pipocas estava em cima das ferramentas e ele resolveu comer outro bocado, enquanto pensava na forma mais rápida de resolver tudo e sair dali. Mastigou-as sem prazer, sentindo de novo a falta de gosto, e depois achou que era a hora; pegou a chave de fenda e o alicate, testando-os em parafusos imaginários, e colocou-os no bolso da calça, que, ainda ontem, só sabia carregar lenço e carteira.

Saiu do carro na decisão dos desesperados, em movimentos grandes e resolutos. Olhou ao redor, buscando enxergar gente, e não havia. Melhor. Andou até o fundo do precário estacionamento, mirando de viés os mecanismos que prendiam as placas aos automóveis, e quando chegou ao último de todos soube que não havia volta. Era um Gol branco e desnudo, destes que os representantes comerciais e vendedores esfarrapam aos poucos, de cliente em cliente, carregando mostruários e notas fiscais, sonhando com a grande venda. Otávio abaixou-se em frente ao carro, entre este e a parede, e percebeu que, mesmo para suas mãos tortas de executivo, seria fácil – meia dúzia de esforços e teria a placa. Dois parafusos e uns aramezinhos, nada mais. Afixou com firmeza a chave de fenda na greta do parafuso, bem como determinam os manuais de mecânica popular, e torceu-a para a esquerda. Ele resistiu numa brevidade falsa, mas logo se deixou levar, desprendendo-se, aos poucos, com delicadeza circular. Depois, foi só repetir a operação no outro parafuso, ainda mais fácil. Desfez uns nós de arame meio enferrujado com que os donos de carros baratos acreditam poder prender tudo, e a placa cedeu em direção às suas mãos preênseis, dócil como quem concorda. Pegou-a e guardou no bolso os parafusos, as porcas e arruelas, deixando no chão os arames inúteis; colocou-a por dentro do casaco, escondendo-a precariamente, e rumou em direção ao Passat para guardá-la e retomar as forças.

Enquanto guardava embaixo do banco o recém-adquirido butim, escutou vozes próximas que comentavam a boa fama das cucas do restaurante. Quando se incorporaram, as vozes pertenciam a um casal gordo e avermelhado, beirando os sessenta anos, ambos sobraçando dois destes bolos, enormes e açucarados, em direção ao carro. Pelo tamanho de ambos, decerto já começariam a comer os doces na viagem, pensou Otávio, ao mesmo tempo em que apanhava novo punhado de pipocas. Aguardou os velhos saírem num enorme automóvel (Idalino rezando e pedindo para não morrer) e depois voltou à função. E como sacar as placas fora mais fácil e rápido do que parecia, resolveu que não era necessário ir até o fundo do estacionamento; dois ou três giros no parafuso, uns poucos minutos ágeis, e estaria pronto para ir-se. Poderia escolher qualquer carro mais próximo, desde que protegido do movimento, dos olhos circulantes.

Andou alguns metros pelo estreito corredor que separava os carros da parede. Decidiu-se por uma caminhonete, dessas grandes e luxuosas, cujos nomes evocam aventuras e desafios, mas que normalmente são dirigidas por ricos de meia-idade que pouco saem do asfalto. Era novo o modelo – Otávio Augusto pensou que era este o carro que gostaria de ter – e bem alto, o que facilitava o trabalho. Abaixou-se e alisou com carinho o pára-lama da caminhonete, depois mexeu nos parafusos com a chave de fenda, enquanto pensava, não sem ironia, que, se ainda lhe era impossível ter o carro, a placa já estava ao alcance das mãos. Desparafusou a primeira presilha, e o lado esquerdo da placa pendeu, entregue. Quando começava a soltar o segundo, absorto em seu sucesso próximo, a voz estentórea quase ao lado fê-lo saltar para trás, o susto jogando-o contra a parede:

– O que é isso, moço?

Otávio não esperou para ver a cara da voz. Escondeu o próprio rosto, as mãos sobre a boca e o nariz para que esta voz não o visse, e desandou numa corrida de passadas desatinadas em direção ao mato. Atrás de si, passos clamorosos e perigosamente rápidos tinham o barulho disforme da ameaça e pareciam chegar mais perto a cada instante. Entrou no matagal como quem ruma ao suicídio, sem qualquer chance de hesitação, recolhendo em todo o corpo os laçaços dos galhos, lanhando-se nos cipós e tropeçando nas raízes. Nada disso o parava, enquanto ainda sentia às costas a proximidade de outros passos. Parou apenas quando já estava longe, embrenhado no matagal, escondido atrás de um tronco mais largo, e quando só o que escutava eram o arfar pesado da própria respiração e o barulho longínquo dos carros na estrada. A árvore larga deu-lhe a proteção necessária e ele sentou-se ao pé do tronco, em silêncio, buscando recompor-se; tinha ido até ali e não seria por uma placa de automóvel que alguém o pararia. Chegaria ao Uruguai, de qualquer jeito.

Esperou alguns minutos, retomando o ar e recuperando o controle sobre o tremor. Depois, cauteloso, fez o caminho da volta, escondendo-se, esgueirando-se de uma árvore à outra. Quando chegou ao limite entre o mato e a área calçada do estacionamento, constatou que a caminhonete de sonhos já havia partido. Era um alívio – o dono do carro, decerto, estava satisfeito por não ter tido nenhum prejuízo e decerto achara temerário entrar naquele macegal intrincado a perseguir um desconhecido que talvez estivesse armado. Ao pensar nisso, Otávio apalpou a cintura e verificou que o revólver ainda estava lá, desagradável companhia que deveria voltar à pasta antes de qualquer disparo besta. Agora, era controlar-se e arrancar a placa de qualquer automóvel, correr ao Passat e sair dali. O alicate seguia no bolso sujo e descosturado desta calça que, ainda há pouco, era peça de inveja; a chave de fenda, deu-se conta, ainda estava agarrada em sua mão.

Correu a um automóvel próximo, sem sequer verificar a marca, e pôs-se a afrouxar a placa de forma frenética, quase violenta, como se deste movimento lhe dependesse a vida. Quando já estava quase solta, puxou-a com um sopetão e ela veio repentina, cortando-lhe a mão com a aspereza fina de sua borda. Otávio viu o sangue pouco, mas não teve dor – talvez fosse senti-la mais tarde. Recolheu parafusos e arruelas e escondeu a placa do jeito que pôde, por baixo do casaco, rumando célere em direção ao Passat, certo de que nada mais o susteria. Atirou a placa embaixo do banco e jogou-se dentro do carro, dando a partida naquele mesmo instante. O carro tossiu como sempre e depois se estabilizou, enquanto

Otávio Augusto engatava a ré e partia sem olhar para trás. Outro automóvel, que vinha chegando, freou para evitar a batida, buzinando sua inconformidade; Otávio Augusto devolveu num gesto obsceno e saiu cantando os pneus velhos do Passat. O que precisava era sair dali, e faria isso.

Fez o contorno pelos fundos do restaurante e retomou a estrada sem muito cuidado. Agora, só precisava trocar as placas; faria isso em alguma nova estradinha deserta – a próxima. Percorreu o caminho pela BR como zumbi sujo e dolorido, a viscidez fina de sangue escuro grudando sua mão ao volante, o corte reto dividindo a palma e a relembrança súbita da dor no dedo. Meu Deus, pensou, o que era isso tudo e por quê? (Os olhos de morte da menina.) A imagem impiedosa que o retrovisor devolvia era a de um rosto descomposto, tocos e cascas de madeira compondo um ninho na pasta dos cabelos, a roupa empoeirada e o colarinho em puro desmazelo. O espelho era trincado e separava em dois o rosto de Otávio Augusto, atravessando-o como a divisa entre dois Estados e piorando ainda mais o que se podia enxergar. Ver-se assim, tão pobremente reduzido e dependendo do motor daquele Passat vintenário, foi além do que podia agüentar: Otávio soltou um grito longo, uivo de desespero e que significava tanta dor, tanta tristeza, tanto abandono, gemido rouco e úmido que também servia para substituir as perguntas que não conseguia fazer. Ao final do berro, havia lágrimas grossas em seus olhos, embaciando o caminho e explodindo em água todas as suas incertezas. Deixou-se chorar alto, sem pensar, apenas mantendo o carro no rumo, até sentir-se secar – e aí estava pronto, mais calmo, de alguma forma renovado. A tensão mais alta havia partido; o destempero dava lugar a uma espécie de alívio. Pronto, pensou Otávio, agora estou bem, agora eu devo estar bem.

Depois do choro, o rosto estava ainda mais miserável, e Otávio achou importante limpá-lo quando fosse trocar as placas do automóvel. Entraria na próxima estradinha e rodaria até que encontrasse algum açude, um pequeno lago, qualquer riacho em que pudesse melhorar-se – sempre há dessas águas nas paisagens do interior. Andou mais alguns quilômetros, passou pela placa que indicava Arambaré e lembrou que já lhe haviam dito que esta praiazinha, à beira da Lagoa dos Patos, valia um passeio por sua beleza – mas não era hora de passeios, agora. Enquanto andava a meia velocidade, procurando entradas de terra à direita ou à esquerda, tentou calcular a distância que ainda estaria de Camaquã e, na certeza de que não poderia estar muito longe, decidiu que, por lá, comeria alguma refeição mais digna.

A BR é riscada por estradinhas; a próxima apareceu em poucos quilômetros. Era um caminho estreito, meio ermo e que não parecia levar a qualquer lugar, mas servia bem aos propósitos de Otávio. Virou o Passat à direita e não viu qualquer casa pelas cercanias, o que era bom sinal. Avançou disposto a parar no primeiro momento em que pudesse, na primeira largueza que parecesse acostamento, se possível próximo a uma água qualquer. Não demorou nada: em algumas centenas de metros, estacionou o carro ao lado da picada e à sombra de uma das raras árvores que havia por ali, tão raras que, de onde estava, conseguia enxergar o movimento da rodovia. Tratava-se de vereda quase reta, o que lhe facilitava divisar a chegada de alguém. Desceu do carro, as ferramentas no bolso e as duas placas nas mãos, e abaixou-se em frente ao pára-choque dianteiro, estudando-o com certa acuidade e percebendo que, apesar dos cuidados de Idalino, a ferrugem dos tempos já o pintalgava em alguns pontos. Puxou a placa com cuidado e vagar, apenas para sentir o quanto estava presa, e depois começou a desatarraxá-la com tranqüilidade, dos dois lados, até que se soltou e caiu ao chão. Otávio deixou-a lá, inerme, dedicando-se à recente tarefa de afixar, no pára-choque momentaneamente nu, a nova placa. Depois, com a mesma facilidade e no mesmo breve tempo, repetiu a operação na parte traseira do Passat. Pronto: aos seus olhos, importava pouco que as placas de trás e da frente fossem diferentes, uma vez que só seriam vistas de passagem pelas eventuais polícias que encontrasse no caminho. O que importava, sim, era que não fosse a mesma placa anotada, no posto, pelo frentista desdentado. Nem sequer se preocupou com Idalino; tinha certeza de que já estaria longe e livre do Passat quando o velho conseguisse alguma ajuda – se ainda estivesse em condições para conseguir algo.

As placas antigas do automóvel teriam que ser jogadas fora, uma de cada vez. Otávio Augusto transpôs com cuidado a cerca de arame farpado que separava a estrada do campo ao lado, lugar aberto e pouco acidentado, e caminhou alguns metros, a fim de encontrar um bom local onde pudesse depositar a primeira delas. Não foi preciso procurar muito: próximo a um formigueiro, havia um buraco mediano, toca de tatu, onde, com certo esforço e desde que dobrada, a placa caberia. Forçando, dobrou-a em duas, como se dividisse uma folha, e ela escondeu-se com facilidade no buraco. Juntou umas macegas próximas, capins mais ou menos soltos, e colocou-os por cima da toca, escondendo a abertura. Estava pronto, podia ir. Do outro lado da estradinha, seguia o campo igual, e adiante, a cento e cinqüenta metros, parecia existir um pequeno riacho. Não havia nenhuma casa à vista, o que lhe trazia a expectativa boa de não encontrar ninguém. Otávio sobraçou a placa restante e transpôs a cerca; no terreno, correu com a velocidade que lhe permitiam o cansaço daquela manhã intensa e os sapatos feitos por mãos italianas para a maciez dos carpetes. Chegou à beira da aguada e agachou-se, pesado. Sentiu a água com as mãos, esfregando-as e limpando-as uma contra a outra; depois, as mãos em concha formando uma pequena bacia cheia, levou-as ao rosto e ao pescoço, gozando a delícia pequena do momento. Massageou o rosto, desfazendo a poeira e refazendo as feições, e sorveu dois ou três goles daquela água que, em qualquer outra ocasião, teria considerado bebida para bois. O cabelo empastado era problema que persistia; não havia como lavá-lo neste açudezinho sem molhar-se inteiro, e não havia outra muda de roupa para colocar. De resto, sentia-se bem e refeito – depois do grito e do choro que o haviam limpado por dentro, esta água a limpá-lo por fora.

Faltava esconder a outra placa. Enterrá-la nas margens macias do açude era má idéia; se fosse mesmo o lugar onde o gado matava a sede, logo a terra estaria revolta pelas pisadas, e a placa, descoberta. Jogá-la na água também era impensável; não lhe parecia objeto que afundasse fácil. A não ser que a prendesse a uma pedra dessas que havia, aos montes, por ali. Mas Otávio não tinha às mãos qualquer cordame que pudesse usar, com exceção dos cadarços de seus sapatos – e não estava disposto a tamanho sacrifício. Procurou algum local onde pudesse escondê-la, mas era difícil naquele campo aberto e liso. Ao longe, entretanto, havia uma pequena moita onde talvez a placa ficasse bem colocada. Correu até lá e achou que, nas circunstâncias, o lugar era bom. Otávio Augusto tinha duas opções: deixá-la por ali, neste ermo, ou levá-la de volta ao carro e, mais adiante, nalguma outra parada do caminho, abandoná-la. Resolveu deixá-la ali: quanto menos paradas, melhor. Abriu a touceira e, no meio da galhada, depositou a placa; depois, cobriu-a bem, e estava tudo resolvido.

O dedo inchado, a palma da mão repartida por aquele retilíneo fio vermelho, os cabelos como espessa pasta suja – mas agora Otávio Augusto sentia-se melhor, mais limpo e aliviado. Olhou-se no espelho do carro e achou que, não escolhesse o melhor restaurante da cidade, poderia almoçar em Camaquã sem chamar muita atenção. E era isso o que faria: comeria daqui a pouco e depois, tirante uma ou duas paradas para abastecer, só descansaria na hora em que chegasse ao Chuí; e do Chuí, o pulo necessário ao Uruguai e à tranqüilidade.

Antes de dar a partida, lembrou-se do revólver, ainda instalado em sua cintura desacostumada, e achou que o melhor, por todas as seguranças, seria guardá-lo na pasta. Puxou-o como se tirasse copos de cristal de um armário cheio e, quando o teve inteiro nas mãos, admirou a peça que certo conhecido lhe trouxera do exterior, sem nota e por preço considerável, para defender-se dos perigos da rua. Era uma arma bela, pequena e leve, cuja coronha teria pouca utilidade contra uma cabeça mais jovem e menos trêmula que a de Idalino, mas cuja precisão lhe emprestava ares de grande atirador. Depois, olhou para fora, e a imensidão quase reta que enxergava, sem gentes e bichos, fê-lo pensar num tiro. Um tiro só, nada mais, apenas para descarregar a tensão, exorcizar estes fantasmas matutinos que já eram tantos e tão pesados. Saiu do carro e virou-se em direção à sanga longínqua; atrás, não havia nada mais que algumas ondulações suaves onde a bala, mais cedo ou tarde, repousaria. Apoiou-se no Passat com os dois braços e mirou, ao longe, o inimigo imaginário (os olhos de morte da menina). Quando apertou o gatilho, sentiu apenas certa resistência delicada e um zunido indistinto; depois, o alívio estranho percorrendo-lhe o corpo inteiro.

O poder que tem um tiro.

Era uma da tarde quando chegou a Camaquã. Ainda na BR, lembrara da existência de um posto policial por aqueles lados e, apenas para garantir-se – porque não sabia muito da sua segurança e, ademais, um automóvel com duas placas distintas não é algo muito comum –, havia entrado à esquerda, numa estradinha paralela de terra, até chegar ao cruzamento que o levava à cidade.

Otávio Augusto não conhecia Camaquã – e não seria agora que iria passear por ali. Só o que precisava era comer algo que pudesse chamar de decente e pegar dinheiro num caixa eletrônico. Circulou pelo centro com cuidado, atento a todos os sinais de trânsito, mas desatento ao fato de andar naquele carro que, mesmo de placas trocadas, podia ser reconhecido por algum amigo ou parente mais desconfiado do velho que, agora, deveria jazer inerme num matagal próximo a Guaíba. Passou por certa praça movimentada e que, com certeza, deveria ser a mais central da cidade, e considerou que bem poderia estacionar ali; depois, sabe-se lá por que razão, achou melhor seguir adiante, até o final da rua, que terminava numa espécie de ladeira, onde pontificavam as torres de uma igreja antiga. Seguiu pela rua, passando por dois ou três bares e restaurantes nos quais poderia almoçar, até chegar ao cimo. Mas não havia nada por lá que pudesse auxiliá-lo. Apenas uma pequena praça em frente à igreja, ao lado da qual o letreiro do prédio antigo e com ares imponentes dava conta de que ali teria funcionado o cinema Coliseu; do outro lado da praça, numa construção de 1912, funcionava a Prefeitura. Na frente dela, a moça de chinelos de dedo, carregando uma trouxa branca que poderia ser um bebê, esperava talvez pelo tíquete de atendimento num posto de saúde; do outro lado da rua, num dos bancos da pracinha, três garis aproveitavam o fim do horário de almoço para descansar os braços puídos da varredura e colocar em dia algumas conversas sem importância. No mais, havia pouca gente ao redor. Otávio Augusto olhou o relógio e compreendeu; era uma da tarde e, claro, todos estavam em casa almoçando. Claudia gostaria daquela paisagem e certamente teria comentários distintos para cada prédio; Otávio só pensava em comer algo, pegar dinheiro e ir embora. O Uruguai.

Voltou à praça central pela mesma rua; o bar e o banco não poderiam ser longe. Estacionou num dos poucos lugares vagos e, ao sair do carro, olhou o movimento pequeno, o comercinho ao redor lutando os seus dias para vencer a vida, os ambulantes gritando seu desemprego, as gentes miúdas correndo suas sacolas em direção ao ônibus que estava partindo, o vendedor de loterias oferecendo a sorte grande a fim de garantir sua pequena sorte, estas pessoas todas que os jornais chamam de populares e que fazem a história sem saber. O letreiro na esquina em frente indicava o café e pareceu-lhe que seria suficiente para um refrigerante com sanduíche.

Entrou descansado no café, sabendo que sua figura andava próxima ao sofrível, mas não a ponto de deixar alguém desconfiado. A maioria das mesas estava ocupada, auxiliares de comércio e vendedores almoçando o prato feito, dois ou três insistindo no café e outros dois ou três já começando na cerveja, a televisão muda servindo de companhia aos que comiam sozinhos. Sentou-se defronte ao balcão e examinou o que havia, ao tempo em que parava à sua frente um rapazote miúdo e vestido num guarda-pó azul-claro. Teria dezessete anos, quando muito, e, pela demasia, não tentava disfarçar as espinhas e manchas que lhe marcavam o claro rosto adolescente.

– Bom-dia, chefe. O que é que manda?

– Uma comida rápida. O que é que vocês têm, aí?

– O *à la minuta* sai quase na hora. Também tem sanduíche, pastel, xisburger... – e ele tentava lembrar as opções ligeiras que o café oferecia a viajantes apressados.

– O *à la minuta*, como é? – perguntou Otávio, disposto a encurtar a estada.

– Bife, ovo, arroz, batata frita e salada verde.

– E o bife é de quê?

O outro o olhou como quem mirasse um marciano, mas controlou o espanto.

– Carne – respondeu, simplesmente.

Otávio Augusto mirou ao redor e, dadas as circunstâncias do dia, achou possível arriscar.

– Então me vê um *à la minuta*. Bem ligeiro!

– Sai voando, vizinho. E pra beber?

A Otávio, pouco importava a bebida; era só para auxiliar a engolir melhor o almoço. Assim, resolveu pedir um refrigerante qualquer.

– Uma Coca.

– Só tem Pepsi. Pode ser? – e, ante o assentimento do cliente, buscou a garrafinha no *freezer,* abrindo-a e atirando a tampa no lixo num movimento certeiro, escolado. – Copo ou canudinho?

– Copo. – Otávio não conseguia se imaginar tomando refrigerante com canudinho, enquanto comia um prato com bife de qualquer carne num bar perdido e longe demais da capital. Seria demais.

O outro trouxe-lhe o copo e ordenou à cozinha, pela janelinha aberta, um à minuta bem rápido. Depois, fez sinal positivo a Otávio Augusto, como a pedir que aguardasse dois minutinhos, e foi atender outro cliente recém-chegado. Otávio ficou por ali, tomando sua Pepsi em goles distraídos e sem vontade, pensando em tudo que o movia, agora. Que pulsão poderia ser esta e até onde iria? As perguntas e respostas passavam aos montes (os olhos de morte da menina), sem que conseguisse pegá-las por inteiro, nunca; o resultado, mesmo que não admitisse, era a confusão. Tudo nublado – melhor pensar pouco nisso agora e tentar responder com mais certeza quando já estivesse tranqüilo, no Uruguai. A fronteira: linha divisória entre a derrota e a vitória, o desespero e a tranqüilidade, a desordem e a estratégia.

Enquanto aguardava o almoço, olhou as imagens da televisão que, sem volume e pendurada no alto do café, apenas dava aos clientes a oportunidade de adivinharem as notícias que trazia. Gols e a entrevista silenciosa dum atacante dentuço, cujo nome Otávio Augusto não sabia, ocupavam a tela e a atenção de alguns clientes. E se houvessem passado a notícia do atropelamento, sobressaltou-se Otávio, susto repentino. Era possível que, ainda há pouco, as imagens mostrassem as fotos três por quatro de dois adolescentes tentando não sorrir para a câmera e o choro sem som de uma mãe desesperada (ou duas mães?), talvez as marcas da freada na Osvaldo Aranha e a entrevista irada de algum transeunte – a TV era outro adversário a ser vencido pela rapidez. A fronteira era mais urgente a cada instante.

– Demora muito este prato? – gritou do balcão.

O rapazote levava refrigerantes a uma mesa com dois homens gordos e interrompeu-se por meio segundo, apenas para sinalizar-lhe que já estava saindo. Os homens, por sua vez, mandaram a Otávio breve mirada insatisfeita – para que gritar desse jeito, rapaz, era o que perguntavam seus olhos. Servidas as bebidas, o atendente buscou, na janela, a bandeja contendo os pratos do almoço e trouxe-a com cuidado, dispondo a comida à frente do cliente. Fosse outro menos antipático, pensou, e iria sugerir que sentasse a qualquer mesa, era mais confortável; mas este esnobe podia comer apertado no balcão, o vento às costas esfriando o almoço antes do seu término.

– A televisão fica sempre sem volume? – perguntou Otávio ao rapazote.

– Nem sempre. Às vezes, os clientes pedem para dar volume.

– Escutaram as notícias, hoje?

– Acho que um pouquinho. A gente, trabalhando, não tem tempo para ouvir a televisão. Ainda mais na hora do almoço – a resposta do rapaz já era justificativa aos seus movimentos lentos de retirada, tentando desvencilhar-se da conversa.

– É que deu no rádio a notícia de um acidente feio em Porto Alegre – inventou Otávio. – Parece que alguém atropelou duas crianças na Oswaldo Aranha (a pulsão, o desafio no limite, a pergunta desnecessária colocando a cara a tapa).

O outro sacudiu a cabeça, solidariamente desolado. – – Não ouvi nada.

Um homem que espalhava no cinzeiro os restos de um cigarro mal fumado, enquanto tomava o terceiro café do dia, resolveu entrar na conversa.

– Eu acho que escutei alguma coisa sobre isso hoje de manhã – comentou. – Mas parece que não foi na Oswaldo Aranha.

Otávio assustou-se ao comentário – então, talvez estivesse, mesmo, no rádio.

– Ou foi ontem que eu escutei a notícia? – perguntou o homem, como se falasse consigo mesmo. – Igual, o trânsito em Porto Alegre anda um inferno. Semana passada, estive lá. Ninguém respeita sinal, nada – e ele parecia querer companhia, seguir a conversa, enquanto acendia novo cigarro, sem perceber.

Mas Otávio não queria falar; queria apenas seguir adiante, logo. Não respondeu ao homem e serviu-se com fome, sem pejo, o prato cheio e fumegante. A comida estava boa e ele mastigava rápido, enquanto o homem, pedindo outro café ao atendente, comentava para todos e para ninguém, os olhos perdidos dentro de si, como era sério o problema do trânsito sem ouvir qualquer resposta. O rapazote, apenas porque estava ali, concordava sem dizer nada. O homem parecia solitário, pensou Otávio enquanto o olhava de soslaio, destes tristes que existem em todas as cidades do mundo.

Otávio Augusto terminou a refeição antes que a comida esfriasse; sobraram raras migalhas nas travessas de pirex. Comeu desordenado, da mesma forma que pensava, ao tempo em que olhava a televisão trazendo-lhe novidades que agora importavam pouco. O homem ao lado, desistido de qualquer conversa, resignava-se a consumir sem pressa o seu café, como se não tivesse mais nada a fazer.

O atendente recolheu a louça à frente de Otávio e limpou com um pano úmido os restos de comida respingados no balcão. Depois, protocolo da casa, perguntou ao cliente se gostaria de um café ou sobremesa. Otávio bem que gostaria, mas a notícia involuntária trazida pelo homem triste lhe renovara a urgência. Pediu um chocolate para ir comendo no caminho e mandou que o outro lhe trouxesse a conta.

– Não precisa conta – respondeu o rapaz, informando o preço do almoço. Otávio achou barato e colocou o dinheiro sobre o balcão, perguntando se já estavam incluídos os dez por cento do serviço.

– A gente não cobra os dez por cento – o homem não era bem deste mundo, pensou o rapaz, enquanto buscava no caixa o troco exato. Entregou o dinheiro a Otávio e, enquanto este o guardava na carteira, lembrou-se da necessidade de ir ao banco. Um caixa eletrônico.

– Onde fica o Banrisul aqui em Camaquã?

O atendente, desta vez, tinha a desculpa exata para rir da estranheza daquele cliente pafioso. Soltou uma risada maior do que poderia, talvez rindo junto de todas as perguntas bestas acumuladas, e pediu a Otávio que olhasse para trás, pela folha aberta da porta. O banco ficava à frente, do outro lado da rua – e tinha caixa eletrônico.

Satisfeito em sua fome e dono da informação que lhe abreviava os passos, Otávio Augusto pegou o chocolate no balcão e saiu rente em direção ao banco, sem agradecer o serviço e a comida.

E não deixou gorjeta.

Estava de volta à estrada, vigor novo e carteira basta, e ainda não eram duas da tarde. Agora, era não parar, seguir direto e em marcha agüentável a este carro velho, até que fosse necessário reabastecê-lo. Até Pelotas, se não lhe falhavam os cálculos, seriam ainda cento e vinte quilômetros. Com seu carro, a viagem duraria menos de uma hora, mas com este Passat de força desconhecida e idade provecta, não chegaria antes de uma hora e meia de viagem. Oitenta por hora, em velocidade constante – além do que, os radares das estradas andavam famintos de multas, e não havia nada que Otávio Augusto quisesse menos do que ser parado pela polícia rodoviária. Ao azar, não se pode dar sorte.

Ao avanço das rodas do automóvel, iam atravessando novas paisagens e lugares. O Banhado do Colégio, que trazia à memória de Otávio Augusto uma lembrança acinzentada de experiência de reforma agrária feita ainda no governo de Leonel Brizola, algo que não entendia muito bem e que o pai, vociferando, lhe explicava como outra idéia louca e perigosa daquele comunista; a paisagem mais espalhada, ondulações suaves, o verde em variados matizes; o Museu Histórico Bento Gonçalves, no alto de uma colina tênue à esquerda da estrada, réplica recente do casarão onde vivera seus últimos anos o presidente da república rio-grandense, cansado de guerras e observando seus domínios com olhos que faziam perguntas à história (e os olhos de morte da menina, ainda há pouco); a cidadezinha de Cristal, mais adiante, varada em duas pela rodovia e oferecendo aos visitantes uma praia fluvial de largo baixio; o paradouro à direita, pausa tradicional aos viajantes para o café preto com pastel de queijo; os quilômetros vencidos com paciência incólume pelo automóvel, a impaciência de Otávio Augusto a impedi-lo de prestar atenção à verdura campesina do caminho e aos raros bois e vacas que, vez por outra, pontilhavam os campos, estes verdes imensos e céus maiores que haviam conformado a personalidade ensimesmada do gaúcho ao longo dos tempos, sem que Otávio soubesse disso (um conhecido lhe havia contado, numa *happy hour* qualquer, que o bisavô tinha sido tropeiro de porcos e fazia viagens de até duzentos quilômetros, sozinho, ele e a vara de animais, os passinhos miúdos demorando dias, o sol e a noite como companheiros: o que faria este homem senão andar e pensar?); o trevo para São Lourenço do Sul, próxima e bela em suas praias doces, passando ao largo da atenção de Otávio, que só pensava na fronteira e inventariava a manhã pelas inacreditáveis e variegadas inserções no código penal – atropelamento (homicídio culposo, e de novo os olhos de morte da menina), omissão de socorro, fuga de batida policial, roubo de carro (e este carro, sem passar dos oitenta), lesão corporal (talvez seguida de morte) e furto das placas –, em quatro horas construíra o prontuário de um veterano; o mais estranho (talvez ele se apercebesse disso) é que, apesar da fremência impaciente de chegar, invadira-o certa calma, porque estava feito e era assim, a calma daqueles que não têm nada a perder, a calma meio estúpida que sobrevém ao choro convulso no cemitério, a calma que acompanha a certeza dos que estão errados; a Prefeitura de Turuçu do Sul, casa normal à beira da rodovia, fundada pela igrejinha e um amontoado de outras casas normais; Pelotas já estava próxima, e o Passat seguia constante em seus vinte anos conservados, sem que Otávio olhasse qualquer outra coisa na estrada que não as placas sinalizadoras, pensando apenas nesta tranqüilidade obscena que o acercava, tudo apenas o jogo em que deveria vencer, o próximo desafio era atravessar a fronteira e ganhar os pontos extras, e nada (nada!) o impediria; se tivesse que atravessar qualquer barreira policial fechada, ele faria isso, nem sirene, nem autoridade, nem balas de revólver o impediriam de vencer; se numa dessas morresse, seria dentro dos seus princípios de competir sempre e não se entregar nunca, nem que precisasse ultrapassar a aduana à força, pensou Otávio, enquanto Pelotas surgia imponente à esquerda e ele soltava outra gargalhada vizinha da insensatez.

Fosse em diferente ocasião, não perderia a chance de entrar em Pelotas; a metalúrgica tinha ali um parceiro comercial, destes que precisam ser adulados constantemente, e faria isso de bom grado. Mas não agora: a metalúrgica, hoje, importava pouco. Que fossem à merda todos, inclusive o tio. Hoje não podia atender, estava com uns probleminhas pessoais para resolver. E isso era não parar, era seguir adiante – pensou outra vez.

Olhou o relógio e o marcador de combustível, ambos deram-lhe respostas positivas. Era pouco mais de três e meia e o tanque ainda marcava bem acima da metade. Mas ainda havia muita estrada pela frente, muito dia a ser percorrido – e o que poderia lhe acontecer adiante?, perguntou-se, quase em deboche de si mesmo. Nada mais importava – o que viesse faria parte do jogo. E quem está no jogo quer ganhar.

O movimento de carros e gentes era grande ao redor, porque Pelotas, enfim, estava ao lado com suas centenas de milhares de habitantes, e Otávio Augusto considerou prudente redobrar a atenção quanto às placas indicativas. Conhecia pouco da região e não podia correr o risco de gastar tempo entrando em caminhos errados. E porque o erro não podia ser palavra no dicionário do administrador, especialmente naquele dia, olhava o caminho com desvelo maior, nesta zona onde perder o sinal poderia castigá-lo em quilômetros. Esta atenção mostrou-lhe a placa à direita da estrada, verde e singela em seus caracteres brancos, iluminada pelos raios de sol deste dia em que Otávio Augusto já não sentia mais frio ou calor: Montevidéu estava a seiscentos quilômetros, reto à frente, e Jaguarão a cento e sessenta, na mesma direção. O Chuí ficava a duzentos e sessenta quilômetros de onde estava, pegando a esquerda no próximo entroncamento. À esquerda, pelo caminho seguro – decidiu.

Soubesse que Jaguarão também ficava na fronteira, talvez sua vida adiante fosse diferente.

A quebrada rápida ao acostamento, aguardando passarem os carros e caminhões que seguiam direito suas viagens sem medo, a entrada à esquerda e pronto: o Passat já não estava mais na BR 116. Era nova a estrada, novas as paisagens que se desvendavam, mas Otávio não pensava nisso. A vida passando ao redor, o enorme posto de gasolina onde os motoristas de caminhão trocavam cargas e experiências, uns garotos dedicando sua pouca idade à gloriosa aventura de pescar numa sanga próxima, o céu maior, a gare ferroviária abandonada em seus dias de desuso, os trilhos do trem de carga cruzando a estrada perto de um lugar que a poesia chamara de Povo Novo; nada disso Otávio enxergava de verdade. Enxergava apenas os quilômetros sendo vencidos, pouco a pouco, pelo andar constante do velho automóvel.

Pelotas já ia ficando ao fundo, enquanto cruzava uma ponte grande e inexplicável: a construção de uma das pistas havia simplesmente parado pela metade, inconclusa. Nenhum carro a cruzava – outra dessas grandiosas obras cujos orçamentos se esvaem em caminhos transversos, antes que elas possam existir. A ponte da esquerda servia aos carros que iam e vinham; a da direita era apenas um alto e concreto painel em cujas paredes alguém declarara em tinta branca o amor eterno por certa garota chamada Jana, outros apenas exibiam seus nomes em matizes diversos de letras, e um apaixonado resolvera ser definitivo gritando ao mundo "eu e Berenize para sempre – 16/03". Como escreveriam estas frases, perguntou-se Otávio, será que se penduravam nos pilares da ponte apenas para dizer isso aos carros que passavam? Falta do que fazer, pensou.

Mas a visão passageira destas declarações de amor trouxe à lembrança de Otávio Augusto o nome de Claudia. Estranho: pensava nela pela primeira vez em todo o dia. A reunião, a metalúrgica, os telefonemas não recebidos, os problemas tantos, o abandono do carro, tudo isso já havia lembrado enquanto vencia as distâncias que o separavam da fronteira. Mas Claudia, não; em Claudia ainda não havia pensado – e assustou-se pelo esquecimento. Porque quem era Claudia em sua vida senão a mulher com quem gostaria de compartilhar a estabilidade? Por essa razão, pensou, era tristemente estranho que, neste dia difícil como nunca antes, pensasse na namorada apenas no momento em que enxergava as declarações escritas do amor dos outros. Fossem os personagens dos filmes românticos que Claudia adorava assistir às quartas-feiras, e eles pensariam no ombro da namorada para encostar a cabeça, na quentura da mão dizendo que as coisas terminariam bem, no olhar que oferecesse respostas à beira de tantas dúvidas (e os olhos de morte da menina!). Mas Otávio Augusto não tinha esta humanidade de cinema: era árido, estéril de carinhos espontâneos, o sangue seco e branco fluindo gelado nas veias – a gente precisa ser duro para vencer na vida, pensou. Era preciso ser prático, objetivo: Claudia era a mulher com quem pretendia dividir a vida, mas não este dia em que precisava resolver tudo sozinho. Por isso não pensara nela: porque não iria adiantar nada. Lembrou-se da namorada pela última vez e depois resolveu apagá-la da memória do dia, porque eram tantas situações a resolver que não poderia agregar a estas o novo problema da saudade.

À medida que se aproximava de Rio Grande, a paisagem ia se modificando. Já não era aquela vastidão plana e descoberta, e sim um espaço mais fechado, em que as árvores eram comuns. O cheiro do mar já podia ser adivinhado. Além disso, crescia a paisagem humana; tendas à margem da estrada vendendo enormes e vistosos mogangos, expostos com destaque nas telas e nos madeirames, além de verduras, uns poucos tipos de frutas, legumes da época e cebolas, muitas cebolas – eram réstias de todos os pesos e tamanhos, singelas obras de arte em sua manufecção, trescalando o aroma saudável e cru de cada bulbo, e que depois seriam penduradas inteiras, quase como decoração se consumindo em cada almoço, nas portas das cozinhas e despensas de quem as comprasse. Mas Otávio Augusto, ainda agora, não enxergava a paisagem, senão para cuidar das placas que lhe indicassem o caminho correto ao Chuí. Era a estrada do Taim, sabia, que ia reto por centenas de quilômetros até Santa Vitória do Palmar, depois outros vinte e estaria na fronteira. E para pegar esta estrada, lembrava, precisaria dobrar à direita, logo adiante. Seguindo reto, pararia em Rio Grande; à direita, o caminho à liberdade.

Não demorou muito. Em meio às tendinhas de comércio, o sinal indicava o caminho para Santa Vitória e o Chuí, e, logo depois, era a própria estrada que se abria, vasta e cinzenta, em dois caminhos. No terreno da bifurcação, afastada alguns metros do asfalto, havia uma capelinha mortuária, não mais que simples peça alva e reta, encimada por pequenina cruz, onde os pobres da região velavam seus mortos. Havia um velório, naquele instante; meia dúzia de carros precariamente estacionados, o cavalo amarrado aos galhos baixos de uma arvorezinha de poucas folhas, gente chorando como sempre desde que o mundo é mundo, o casal jovem e desvalido abraçado em sua tristeza, o homem que fumava porque não havia outra coisa a fazer, as crianças correndo porque, de qualquer modo, aquilo era uma reunião e se podia brincar. Otávio Augusto olhou a cena na passagem e pensou que talvez nesta hora estivessem sendo veladas as duas crianças, naquela remota Porto Alegre que já se esvanecia em seu pensar (apesar dos olhos de morte da menina). Mas nada servia para tirar-lhe a alegria de haver alcançado a última estrada: terminasse este caminho reto, daí a duzentos e tantos quilômetros, e estaria na fronteira. Era só seguir em frente. Colocou a palma da mão inteira sobre a buzina, sem sentir o corte rubro que ainda a sulcava, e o ruído estridente, continuado, gemido metálico invadindo o ar e o préstito, serviu-lhe como desafogo, forma cômoda de gritar sem voz.

Mas não entenderam isso, os veladores – nem mesmo as crianças, que interromperam seu correrio por um momento, para ver passar aquele doido desrespeitoso. Otávio olhou pelo retrovisor e, de sua solidão dolorosa, o homem com cigarro lhe alcançava certo gesto afrontoso, obsceno, enquanto de sua boca parecia sair um palavrão incontido. Só que Otávio Augusto estava muito alegre para responder àquela raiva; apenas alteou a mão esquerda fora do carro e acenou um adeus irônico aos vivos que zelavam pelo morto, enquanto o necrotério começava a apequenar-se na paisagem pretérita.

A rodovia – agora estava na BR 471 – era generosa e dava-lhe os sinais necessários para prosseguir viagem. Agora, segundo avisava-o a placa malcuidada e quase caída, era necessário reabastecer o carro, porque, depois desta última chance, o próximo posto de gasolina distava mais de cem quilômetros dali – e, depois de tudo, ser surpreendido pelo tanque vazio no meio da imensidão da estrada era algo em que não podia pensar. O Passat parecia econômico e, até aqui, vinha em marcha que não lhe trazia sobressaltos –, mas, enfim, era um carro velho e desconhecido, no qual não podia confiar. Fosse o seu próprio carro e, sim, talvez pudesse até dormir nesta reta imensa que agora se abria, e ele seguiria sozinho, levando-o à segurança pretendida (voltaria logo para buscar aquela jóia, abandonado com pesar à sombra gelada das árvores).

Guiou o automóvel até o posto de gasolina. Os dois frentistas, sentados em galões vazios, olhavam o mundo e pensavam na vida, calados. Enquanto Otávio estacionava o Passat ao lado da bomba de combustíveis, os dois trocaram breve olhar e, sem que fosse necessária palavra, o mais próximo levantou-se e veio até o carro. O outro, por sua vez, buscou um regador cheio de água; à falta de movimento, trabalhavam em dupla.

– Boa-tarde. É gasolina?

– Isso. Completa – respondeu Otávio, estendendo a chave ao homem; ninguém mais precisava dizer-lhe como abrir o tanque, pensou com orgulho, ao tempo em que se lembrava, com certa inquietação súbita e tardia, da diferença entre a placa da frente e a de trás. Mas tranqüilizou-se logo: viera até aqui, não seriam dois frentistas de fim de mundo que iriam ameaçá-lo.

O homem fazia o serviço calado, e Otávio gostava disso. Quase pensou num café na lanchonete também vazia, mas achou que não era prudente: sozinho lá dentro, o atendente puxaria assunto, de onde vinha e ia para onde, essas perguntas inocentes e indelicadas que se fazem aos viajantes solitários. De mais a mais, sua missão era chegar à fronteira. Esse, o desafio: objetividade sempre.

– Água e óleo, o senhor quer ver? – perguntou o segundo frentista, chegando-se perto da janela do carro.

– Não. Tá bom assim – inventou Otávio Augusto, sem ter a menor idéia do nível de óleo deste carro em que fugia, mas acreditando que era suficiente para chegar até o Chuí. Depois abandonaria o automóvel, e aí pouco importava quanto óleo haveria no motor. – Mas pode lavar o vidro da frente – pediu. As marcas da viagem – insetos desatentos, poeira, o barro respingado das estradinhas – estavam grudadas no vidro dianteiro, e uma breve lavagem serviria para diminuí-las. O homem primeiro passou o esfregão, extraindo o que se grudara, depois despejou a água com cuidado de quem sabe, e o vidro clareou-se à frente de Otávio. Ótimo: o caminho livre desde o interior do carro.

– No vidro de trás, não precisa. – Otávio apressou-se a determinar, não iria dar ao homem a chance de ver as duas placas distintas.

O outro terminou de encher o tanque do Passat e deu o preço ao motorista. Otávio retirou da carteira as notas necessárias e ficou feliz em ter o dinheiro trocado – menos tempo perdido –, enquanto o frentista lhe devolvia o molho de chaves do veículo. Colocou-o na ignição, ao tempo em que agradecia o serviço (sentia-se bem a este ponto) e virou a chave.

Só que o carro não pegou.

Lata velha, gritou Otávio em pensamento. Tentou novamente e nada; o motor respondia um gemido intermitente, como a explicar que estava tentando, mas não conseguia ligar. Calma e estratégia, pensou Otávio, os mesmos mandamentos que te guiam no meio de reuniões difíceis. Respirou fundo e fechou os olhos, decidindo outra vez que nada o deteria, depois pisou no acelerador e girou a chave outra vez. O carro devolveu-lhe um ruído morrediço.

– É bateria – explicou o frentista, com presteza.

– Mas acho que, empurrando, ele pega – acreditou o outro. Ambos estavam ao lado do Passat; à falta de outro carro para atender, prontificavam-se a ajudar. – Fica aí na direção, chefe, que a gente empurra. Deixa em ponto morto e, quando embalar, engata direto a segunda.

Os dois empurraram o automóvel com facilidade, por uns bons metros, gritando a Otávio que já podia tentar. Este engatou a segunda marcha e girou a chave como se fosse a última coisa a fazer na vida; o motor engasgou, primeiro ameaçando pegar e depois se incorporou, manso: estava garantida a viagem. Otávio acelerou forte algumas vezes, trazendo a bateria de volta à vida, até que o ronco mecânico estabilizou-se. Os dois frentistas acercaram-se da janela, talvez esperando uma gorjeta.

Vai dar para seguir viagem, amigo – disse um.

Mas vai ter que trocar a bateria daqui a pouco – completou o outro. Pareciam trabalhar em dupla, sempre.

É – concordou Otávio, agradecendo a ajuda, sem pensar em gorjeta. – E agora vou lá, que ainda tenho viagem pela frente.

Me diz uma coisa, chefe (todos te chamam de chefe ou amigo, pensou Otávio) –, impressão minha ou a placa da frente é diferente da placa de trás?

– É impressão tua – respondeu Otávio, enquanto arrancava o Passat.

De novo na estrada, Otávio Augusto. Era estranho: ainda que tivesse quase a metade do caminho pela frente, o caminho aberto e despovoado emprestava-lhe a sensação de já estar chegando. Talvez pela diferença de paisagem, violentamente espalhada aos seus olhos desacostumados; talvez pela estrada quase deserta ou talvez pelo fato de que, dos poucos carros que lhe cruzavam a passagem, a maioria tinha placas estrangeiras, automóveis uruguaios ou argentinos, indo ou voltando – a verdade é que, mesmo faltando mais de duzentos quilômetros para chegar à fronteira, sentia-se a poucos passos do Chuí. E isso o tranqüilizava.

Eram passadas quatro e meia da tarde, e o sol seguia pendurado nas amarras azuis do céu, esparramando seus raios por um horizonte reto, infindável. O automóvel varava uma linha cinzenta, divisora única do enorme descampado liso, interrompido às vezes por alguns banhados menores, uma ou outra casinha respingada, meia dúzia de vilarejos nos quais se amontoavam construções campesinas, ladeadas por enormes silos de arroz. A linha reta e vazia à sua frente; era difícil não pisar no acelerador, difícil não tentar daquele motor sua força última e chegar o mais rápido possível. Quando se deu conta, o velocímetro do Passat marcava inacreditáveis e arriscados cento e dez por hora, mas a pulsão da chegada não o deixava diminuir. De mais a mais, se houvesse problema na bateria e se o desconhecido nível do óleo estivesse realmente baixo, seria necessário puxar do carro para levar-se o mais próximo que pudesse. O desafio, sempre.

E foi a cento e dez, já na caída da tarde, que entrou na reserva ecológica do Taim. Nos dois lados da estrada, durante mais ou menos quinze quilômetros, a natureza restava intocada e se abria, livre, aos olhos de quem passasse. Capivaras banhando-se de água e sol, pequenas preás alcançando o acostamento, ratões do banhado apenas vivendo sua vida tranqüila, jacarés de papo amarelo escondendo-se na escuridão líquida dos banhados, cisnes de pescoço preto nadando sua elegância silenciosa, colhereiros de um cor-de-rosa incompleto e fugaz, emas desfilando em passos leves os corpanzis impressionantes, pássaros de todos os tipos cortando o dia com seus cantos variados, a vista que se enxergava longe e verde, plana e virgem, nesta faixa de terra instalada entre o mar e a lagoa Mirim – fosse menos duro, e Otávio Augusto pararia o carro por uns segundos, a fim de guardar nas retinas esta harmonia vasta. Mas não: nem sequer enxergava a paisagem (e os olhos de morte da menina, picada repentina e lancinante a recorrer-lhe a lembrança). Assim, cruzou a reserva sem ver o que deveria ser visto, olhando apenas o ponteiro incerto do velocímetro e a distância inexata desta estrada sem fim.

Aconteceu logo depois de ultrapassar a placa que indicava curtíssimos cem quilômetros até Santa Vitória do Palmar, cerca de dois quilômetros após um pequeno vilarejo pelo qual passara sem perceber.

Otávio Augusto viu de longe a caminhonete que vinha no sentido contrário, andando devagar e fazendo sinais de luz com os faróis, pedindo aos automóveis eventuais que diminuíssem suas velocidades. Quando cruzou pelo veículo, já sabia o motivo, mas mesmo assim a motorista – uma loira bronzeada, que guardava os cabelos num estranho chapéu de vaqueira – acenou-lhe que fosse bem devagar: à frente, enorme boiada cruzava a estrada.

Eram talvez milhares de bois, vacas e terneiros, mugindo assustados enquanto eram tangidos pelos boiadeiros e atravessavam a rodovia, provavelmente indo do pasto ao curral – a noite já se avizinhava. Não havia como seguir; era preciso esperar a passagem da boiada. Otávio Augusto parou o carro no estacionamento, tomando o cuidado de não desligá-lo, resignado a atrasar a viagem por alguns minutos. As seis da tarde já haviam passado, com sorte chegaria antes das oito no Chuí, e aí veria como passar ao Uruguai.

E já que estava próximo, à sua frente havia uma reta sem mistérios de chegada, e, como rapidamente estaria com todo o dia resolvido e pronto para pensar numa solução estratégica para tudo, Otávio decidiu dar uma relaxada, uns pegas nos cigarrinhos restantes no pacotinho escondido de sua pasta. Enquanto o gado ainda cruzava a estrada, cobrindo-a de um malcheiroso tapete esverdeado, buscou o compartimento fechado da valise e puxou de lá o pequeno pacote, enrolado em fitas adesivas. Escolheu o menor dos baseados, só queria dar umas tragadas – e teria que livrar-se deste pacotinho antes de atravessar a divisa; não dava para arriscar. Levou-o à boca e acendeu; depois aspirou fundo, decidido, e o canudo queimou-se rápido, enquanto Otávio percebia a fumaça instalando-se comodamente em sua cabeça.

Sentiu-se bem enquanto␣sorria para as incontáveis vacas que passavam próximas ao carro, ladeadas pelos vaqueiros; porém, quando um deles acenou, agradecendo a gentileza de haver parado, não respondeu ao cumprimento. Tragou ainda outras vezes o cigarro e, pela primeira vez na viagem, lembrou-se de que o Passat tinha rádio. Neste fim de mundo não haveria qualquer estação que prestasse; mesmo assim, por curiosidade, resolveu testá-lo. Apertou o botão e um chiado vivo encheu o carro; girando o dial de um lado ao outro, não conseguiu encontrar nada além de ruídos desparelhos. Continuaria a viagem em silêncio, pensou, enquanto principiava a diminuir o mugido medroso do gado: a passagem da vacaria chegava ao final, apenas algumas reses atrasadas completando a travessia, tocadas por dois cachorros ovelheiros e um peão que não era mais que menino.

Quando passaram estas últimas vacas, desligou o rádio para seguir viagem.

E, nesse instante, o carro também desligou.

Merda, merda, merda, pensou Otávio Augusto, a ameaça do desespero retornando de imediato. Girou a chave, e o motor respondeu com um ronco débil; tentou novamente e o ruído agônico do automóvel não lhe deu esperanças. Na terceira vez, deixou o pé no acelerador, buscando a última força, enquanto o barulho ia se transformando num gemido frágil, até desaparecer por completo. Apenas para ter certeza, apertou o botão do rádio, e nenhum chiado apareceu. A bateria do Passat estava morta, e Otávio Augusto, sem carro.

Mas tinha vindo até aqui e enfrentara problemas bem piores ao longo do dia (os olhos de morte da menina, de novo). O carro parado na estrada não seria empecilho. Não precisava dele para seguir caminho. Sugou a última fumaça do cigarro e atirou longe a bagana. Lembrou de passar no volante e na alavanca da embreagem uma folha de jornal que o velho Idalino usara para forrar o piso do automóvel; assim, tinha a certeza de não deixar ali nenhuma impressão digital. Depois, pegou a valise e o casaco, suspirou fundo, aprontando-se para nova jornada, e saiu do carro. Com um cuidado que nem sequer parecia seu, trancou todas as portas do Passat (Idalino ainda o veria?), a fim de dificultar qualquer furto; depois, olhou os campos que lhe preenchiam o horizonte e, para desvencilhar-se em definitivo do automóvel, atirou a chave o mais longe que pôde. E pôs-se a caminhar de volta ao povoado pelo qual passara ainda há pouco – algum ônibus haveria que o levasse dali.

Eram dois quilômetros de caminhada, carregando a valise à beira da rodovia. Passara por esta mesma situação naquele dia, mas ela já não o incomodava; além disso, a estrada era deserta demais para dar-se ao trabalho de muita preocupação. Poucos carros, mais preocupados com as próprias viagens do que com este louco que andava pelo acostamento. Otávio não se importava mais com isso; o jogo já possuía o detalhe de diversão, uma charada, uma adivinha, pergunta a ser respondida pelo único jogador – qual o próximo desafio, a nova dificuldade? A vida é um jogo que se joga nos dias bons e nos dias ruins, filosofou Otávio, meio alto, enquanto trocava a maleta de mão.

Vinte minutos mais tarde, quando o relógio marcava quinze para as sete, chegou ao povoado. A bem da verdade, nem chegava a ser isso; era um punhado de casas de tijolo, algumas caiadas e outras não, todas baixas e retas, caixinhas simples em que viviam as pessoas neste ermo – o que fariam para divertir-se, perguntava-se Otávio, enquanto se dirigia a uma destas construções, porta aberta e cartazes de cigarro na janela, bar e armazém da localidade. Atrás do casebre, meio escondida, havia a cancha de bocha margeada por duas taipas, onde, nos domingos, os homens das redondezas jogariam infindáveis campeonatos movidos a cachaça e limãozinho. Mas agora não havia ninguém por ali; olhava-se ao longe e não se divisava qualquer alma em movimento. Otávio entrou no armazém disposto a ser bem educado, sorridente, agradecido – estas bobagens todas –, mas decidido a não sair respondendo quaisquer perguntas a fim de não enredar-se nas respostas. Se precisasse inventar uma história, inventaria, mas não devia satisfações a ninguém.

Sentado em frente da caixa registradora, um homem enorme parecia pensar na vida, enquanto olhava para algum ponto do estabelecimento vazio. Era o dono do armazém. Nas poucas prateleiras, havia apenas os mantimentos básicos, o cotidiano das gentes simples do lugarejo: arroz, feijão, açúcar, sal, azeite, café, bolachas doces, farinha, frutas e verduras meio passadas. Ali, como no resto do povoado, as horas tinham tempo próprio para passar. O homem parecia esperar apenas a ocasião de fechar, e pouca satisfação demonstrou com a chegada deste estranho cliente carregando uma valise e um sorriso meio atordoado.

– Boa-tarde – cumprimentou Otávio, a voz meio pastosa, a fala mais lenta que o normal.

– Boa-noite – respondeu o homem, a sinalizar que já era mais que tarde e, daqui a pouco, estaria fechando.

– Como é que eu faço para chegar ao Chuí?

– É longe – a mania que as pessoas têm de responder as perguntas com informações desnecessárias.

– Eu sei – fosse em outra ocasião, e Otávio não teria mantido este sorriso enfeitado de quem não pode desagradar. – Mas como é que eu chego lá?

O homem estudou Otávio com algum cuidado. Estava claro que ali havia algo inexplicado: o jovem metido em boas roupas – ainda que desalinhadas – aparecendo neste deserto à beira da noite e carregando uma valise que talvez custasse mais que o seu bar inteiro, certamente suscitaria, no mínimo, três perguntas: de onde vinha, como havia chegado até ali e que motivo o levara a interromper a viagem. Não era normal que gente assim aparecesse a pé neste lugar longe de tudo. Mas os anos de comércio, mesmo ali, o haviam ensinado que a curiosidade nem sempre era boa amiga, e que as histórias pessoais dos clientes somente a eles pertenciam: se quisessem contá-las, eles o fariam sem necessidade de qualquer pergunta; se não quisessem, as perguntas seriam demais. A vida dos outros aos outros importa, pensava o dono do armazém, e não era para ter assunto por dois ou três dias que sairia interrogando o estranho. Assim, respondeu apenas:

– Tem ônibus de Pelotas para o Chuí, de duas em duas horas. – Olhou o relógio na parede, marca de cigarro patrocinando as horas, e eram dez para as sete. – Lá pelas sete, uns minutinhos depois, passa o próximo. Daqui a pouquinho.

– E onde eu tomo este ônibus? – quis saber Otávio.

– Do outro lado da estrada, pega à esquerda, uns cem metros. Bem na frente dum caminho de terra, que vai dar numa fazenda. Tem placa indicando o lugar. E deve ter gente esperando, é fácil de achar.

As coisas, afinal, davam certo. Acomodavam-se as peças do jogo, e a fronteira seguia próxima. Já estava livre do carro e o ônibus não tardaria a chegar, no tempo exato que se daria para tomar um café.

– Tem café preto?

– Acho que tem – respondeu o homem. – Deixa eu olhar na cozinha – e levantou-se, deixando o armazém vazio, inteiro à vontade de Otávio. Voltou em instantes, carregando uma xícara de vidro fosco, na qual o café passado há tempo ainda desprendia certa fumaça tímida. Na outra mão, o dono do armazém carregava um açucareiro de plástico embaçado e que talvez nunca houvesse sido lavado em toda a sua provecta utilidade.

– Passado há pouco – mentiu o homem.

O gosto do líquido era saburroso, ainda pior de tanto que estava morno, mas Otávio olhou a pobreza inteira ao redor e achou que aquele café era o máximo que se poderia extrair do lugar: as paredes cravejadas de cartazes desbotados de bebidas e cigarros, mulheres lindas bebendo cerveja em sorrisos estáticos e homens tragando os poderes vitoriosos de fumos diversos; fotografias em preto-e-branco de conjuntos musicais que animavam em cada sábado as festas da região, as datas dos bailes caprichosamente desenhadas à mão com caneta hidrocor; anúncios de biscoitos e salgados de nomes estrangeiros; adesivos de remédios antigos e vendidos em qualquer balcão; a propaganda gasta e meio escondida de um candidato derrotado a governador; a luz melancólica daquela peça, apagando-se com a chegada da noite; a solidão dura daquele homem à sua frente, olhando-o beber (os olhos da menina).

– Está bom este café – mentiu Otávio. – Mas tem mistura com cevada, não tem?

O outro meneou a cabeça e deu seguimento à mentira, como se estudasse a resposta:

– Só se já vier assim da fábrica.

– Pode ser. – Otávio concordou, enquanto terminava o café em goles largos, espaçados, e tirava da carteira uma nota suficiente ao pagamento. Pediu o troco em chicletes de hortelã para apaziguar o hálito deste dia todo pesado e, tão logo os teve na mão, saiu apressado em direção à parada do ônibus. Às vezes, sozinho em casa, passava tempo jogando videogames – agora entrava na fase avançada do jogo. O prêmio era chegar à fronteira.

O ônibus chegou às sete e cinco, espaçoso, dono da estrada, e recolheu as três pessoas que o aguardavam: Otávio Augusto e um casal jovem, que permaneceu abraçado o tempo inteiro da espera, sem falar nada, apenas ocupados em sentir a presença um do outro. Havia poucos lugares vagos; a dupla enamorada acomodou-se nos últimos bancos, enquanto Otávio pedia licença e sentava-se ao lado de uma mulher. Ajeitou-se confortavelmente, colocou a pasta sob o banco e reclinou-o alguns centímetros; depois respirou com alívio verdadeiro, o primeiro de todo o dia – porque, livre do carro, também estava livre das amarras que o incomodavam. Nem sequer olhou para o Passat abandonado no caminho – quem o encontrasse que fizesse bom uso. Fechou os olhos, e o desafogo instalou-se inteiro dentro de si, anestesiando-lhe o corpo e enchendo-o de uma modorra agradável, benfazeja. Não havia mais o que se preocupar – e antes que pudesse terminar qualquer pensamento havia adormecido.

O sono foi curto e leve, mas reparador. Acordou vinte minutos depois, meio sobressaltado por não saber onde estava, sob o olhar divertido da mulher. Esfregou o rosto pensando no quão bem-vindo seria um banho, algo que tirasse o sarro pegajoso que lhe envolvia o corpo doído de tanto dia, e animou-se lembrando que estava perto. Quando terminou de massagear as faces e tentou ver a noite entrante pela janela, percebeu que a mulher ainda o olhava.

– Chegaste a falar no meio do sono – comentou, e o sorriso em seu rosto parecia haver nascido com ela.

Otávio assustou-se:

– Mas o que foi que eu falei?

– Nada que se pudesse entender – respondeu a mulher, e dessa vez o sorriso transformou-se em risada pura, sem medo. – Mas que era engraçado, era.

Otávio sentiu-se enrubescer, achou bom que já fosse noite e a mulher não conseguisse perceber-lhe a vermelhidão súbita.

– Mas fica tranqüilo. Falar no sono é comum. Acontece com todo mundo – ela parou por um instante e depois engatou novo assunto à recém-descoberta conversa. – Indo para o Chuí?

Mirou a mulher, num relance, tentando encontrar a resposta que não o indispusesse pelo resto da viagem – afinal, se estava no ônibus para o Chuí, parecia lógico que fosse até lá. Quando a olhou pela primeira vez, percebeu que era bonita. Deveria ter mais de quarenta anos, e a idade não lhe pesava. O batom escarlate, a maquilagem bem medida cumprindo sua função na pele amorenada, na qual começavam a despontar alguns sulcos e gretas pelos quais a vida passa, o cabelo cuja cor já não era a do nascimento, e aqueles olhos verdes de mar aberto que desarmavam espíritos – a mulher continuava aguardando a resposta, enquanto recebia sem medos o olhar perscrutador de Otávio.

– Vou – mas achou que isso era pouco, inventar uma história fazia parte do jogo (e o cigarro recente lhe incendiava a imaginação). À história que inventasse daria as respostas que quisesse; a história verdadeira não lhe concedia esta liberdade. Além disso, o sorriso da mulher era pacificador; confiou nele sem saber bem a razão. – É que eu estou pesquisando esta região. É para escrever um livro.

– Ah, que bom! Vai se passar por aqui, então? Pelotas é cheia de livrarias. A Satolep, do Vitor Ramil – comentou a mulher, à falta de comentário mais objetivo. – E sobre o que é que vai ser o livro?

– Ainda não resolvi muito bem, mas é a história de um cara que está viajando e se mete num monte de confusão. (E o que seria esta tal de Satolep?, pensou ele.)

– Deve ser engraçado.

– Mais ou menos. Mas ainda não sei direito o enredo. Por isso, tenho que pesquisar bem os lugares, falar com as pessoas. Aí, as idéias vão surgindo – e ele falava como escritor de verdade, que estivesse em processo de construção literária, dando à luz alguma história.

Os olhos da mulher anunciavam seu interesse na conversa do escritor ao lado. Desencostou-se da poltrona e virou o tronco à esquerda, de modo a enxergá-lo mais de frente, e nesse movimento Otávio percebeu que talvez fosse um pouco gorda demais.

– E como é o teu nome? – e completou, antes que ele respondesse. – Posso te tratar por "tu", não posso? Tão novinho e já escritor, imagina!

– Pode, sim – Otávio riu da preocupação da mulher, e a risada durou o tempo exato de que precisava para encontrar seu nome. – Meu nome é Jeison. Jeison Pontes – e riu de novo, desta vez pela escolha.

– Jeison Pontes? – a mulher pareceu pensar; tentava lembrar algo em assunto a que não estava muito acostumada. – Acho que já ouvi falar.

– E o teu nome, como é? – perguntou Otávio.

– Valdete. Mas todo mundo me chama de Val.

– Val. Muito bem – o apelido era bisonho e Otávio precisou controlar-se para não cair na risada, mas a verdade é que havia um ar acolhedor ao redor desta vizinha de viagem. Era daquelas pessoas a quem os colegas de trabalho deviam confiar segredos, despejar confidências. Talvez pelo abrigo que era a calma dos seus olhos, talvez pela claridade do sorriso.

Valdete trabalhava como cabeleireira em Pelotas e, para engordar o orçamento, fazia duas viagens por mês ao Chuí, onde percorria as lojas da zona de livre comércio e enchia sacolas com perfumes e uísques encomendados. Trazia a lista de pedidos – como se fosse ao supermercado – e comprava apenas o que estava anotado, sem arriscar-se a estoques. Os pedidos dependiam da época e da cotação da moeda, mas, procurando bem, sempre achava alguma ofertazinha que valesse a pena. E mostrou a listagem a Otávio, orgulhosa de sua organização: o papel estava dividido em áreas – pares de tênis, cosméticos, bebidas, perfumes, aparelhos de som, brinquedos, temperos e especiarias.

– Precisa ter força para carregar tudo isso– riu. – Pego uma parte de manhã e levo para o hotel. De tarde, repito a caminhada e completo o serviço. De noite, volto para Pelotas. Não dá para ficar fora muito tempo, sempre tem trabalho esperando.

– E por que vir a essa hora, se as lojas já estão fechadas quando o ônibus chega ao Chuí? – perguntou o empresário, pensando nos lucros. Lá fora, a noite já espalhava seus raios completos sobre a paisagem.

Mas a mulher possuía lógica mais prazerosa em seus negócios. Saindo na noite anterior, mudava de ares, via movimento, gente diferente, dormia em hotel e aproveitava as pequenas mordomias de uma cama arrumada por outras mãos, jantava uma *parrilla* e se dava ao luxo de alguns copos de vinho uruguaio em jarra. A vida precisava destes lucros, também. – E eu incluo essa parte da viagem na minha comissão de venda – riu ela.

E prazerosa seguiu a conversa ao longo da viagem. Otávio contou algo de seus livros anteriores, sem muitos detalhes – a imaginação não dava para tanto –, sob o interesse quase ingênuo de Valdete; depois, esta comentou, entre risos, das aberrações em cabelo que lhe pediam algumas freguesas. Olhavam as fotos nas revistas e queriam sair do salão iguais a estrelas de cinema.

– Não querem corte de cabelo, querem milagre. Nem as artistas são tão bonitas como aparecem nas fotos.

Eram assuntos que não tinham qualquer ponto comum com o cotidiano sério e sisudo de Otávio, agravado pelo peso deste dia, e que as risadas confiantes de Valdete tinham o poder de delir em parte na sua memória (mais raros os olhos de morte da menina). O clima, as compras do Chuí, os próximos projetos literários de Jeison Pontes, as manias das freguesas de Valdete, a paisagem escondida na escuridão instalada lá fora – falaram sobre tudo, e o tempo pareceu pequeno. Ela perguntou, indiscreta, se Otávio era casado, e respondeu que também era solteira. E quando ainda havia assunto, quando nenhum dos dois ainda suspirava por falta do que dizer, quando o silêncio ainda não tinha se transformado em companheiro de viagem, o ônibus estacionou na Rodoviária do fim da linha.

A tranqüilidade recente pareceu esvanecer-se em instantes, quando Otávio percebeu o policial militar parado na estação, mão ameaçadora sobre o revólver ao cinto e a expressão profissional de quem está à beira de missões difíceis. Empalideceu, brusco, ao mesmo tempo em que estremecia sem notar, esbarrando no braço de Valdete.

– Tudo bem? – ela perguntou.

– Tudo – respondeu Otávio Augusto. – Foi só um friozinho, de repente – justificou-se, enquanto olhava o guarda lá fora com certo pavor controlado. Este observava o movimento no interior do ônibus e, quando os dois homens cruzaram olhares, pareceu cumprimentar Otávio com leve e irônico aceno de cabeça, como se dissesse: é o fim da linha, aqui termina a viagem. Mas não, determinou-se Otávio, ainda outra vez: ninguém mais o deteria, nem que precisasse correr até o Uruguai.

– O Uruguai fica pra que lado? – perguntou a Valdete, sem tirar os olhos do guarda, enquanto ambos já se posicionavam no corredor do ônibus, esperando a vez para descer.

– Duas quadras para lá – apontou Valdete, com a mão vaga.

– Bem pertinho, então – comentou Otávio, sem qualquer alívio; o policial seguia parado ao lado do ônibus, olhar e gestos firmes, talvez esperasse apenas a descida para dar-lhe voz de prisão: quem sabe a rapidez com que correm as notícias? Otávio sentia os lábios secos de medo, caminhando o seu nervosismo renascido atrás dos passos gordos e lentos de uma senhora. Duas quadras, pensou ele: largaria a pasta, se fosse preciso, e correria até atravessar a divisa. Duzentos metros e estaria livre, calculava em seu pavor, enquanto já era quase a sua vez de descer do ônibus, e o policial parecia acercar-se ainda mais, cada vez maior e ameaçador, a um passo curto da porta, observando acima com olhos que sabiam tudo. Piso no Chuí e saio correndo, decidiu Otávio, no instante em que a senhora gorda à frente começava a descer a escadinha do ônibus e o policial chegava mais perto do que nunca.

– A bênção, mãe – pediu o homem, sorriso súbito e desarmado, enquanto tirava a mão do cinto para abraçar a velha que chegava bufando suas sacolas. A mulher levantou os braços em comovida saudade, batendo-o à cintura de um aliviado Otávio, que já descia pronto à corrida. A pasta de couro caiu com o choque e ele apressou-se a recolhê-la.

– Será que não quebrou nada? – o policial havia reparado no acidente e apressava sua preocupação, talvez envergonhado pelo movimento espaçoso da mãe que ainda o abraçava.

– Não – replicou Otávio, coçando a testa para esconder o rosto e lembrando-se do revólver clandestino. – É só papelada.

– Ah, bom – comentou o guarda, voltando a atenção à mãe recém-chegada e deixando Otávio em seu momentâneo alívio: enquanto não atravessasse a fronteira, não poderia respirar tranqüilo.

Recomposto, percebeu que Valdete ainda estava ao seu lado, com ares de quem esperava para despedir-se. De pé, as roupas largas e confortáveis que geralmente se usam em viagens, ela confirmava alguns quilos a mais – mas deviam ser quilos de poucas culpas, que não chegavam a lhe cair mal. Ele não sabia muito o que dizer.

– Então o Uruguai é pra lá? – repetiu, como se não soubesse.

– Isso. É uma avenida dupla. De um lado é o Uruguai; do outro, o Brasil. Mas não conheces o Chuí?

– Conheço, mas faz tempo que não venho para cá – comentou ele.

– E para que hotel tu vais? – a Otávio Augusto chamara atenção, desde o início, a correção no falar de Valdete, os plurais e tratamentos colocados em seus devidos tempos. Talvez falasse assim porque conversava com um escritor, pensou.

– Tenho uma reserva no lado uruguaio.

– Humm. Mais caro. Gente fina, hein? – brincou. – Pena. Eu sempre fico aqui no lado brasileiro mesmo. É bem perto. Simplesinho, baratinho, mas tem cama bem limpa.

– Pois é. Mas é que já fiz reserva, fica chato não ir prá lá. Mesmo que tenha que pagar um tanto a mais – comentou ele. O que queria mesmo era sentir-se além da fronteira, descansar e dormir sem medo de batidas na porta, sem sobressaltos que pudessem gritar polícia, sono de noite inteira e tranqüila, um sono que tentasse não ter sonhos (sem os olhos de morte da menina).

Valdete pareceu não saber o que dizer. Mas só por um segundo. Estendeu-lhe a mão e Otávio sentiu-a macia, cuidada – mão de quem pensava em agradar e agradar-se.

– Bom. É isso, então. A gente se vê – e, depois de minúscula indecisão –, boa sorte com o livro.

– Obrigado – respondeu Otávio, a mão ainda sentindo a quentura da mulher, que já começava a sua caminhada em direção ao hotel. – E boa sorte com tuas compras.

Ele chegou à avenida que dividia o Chuí do Chuy em passos açodados, urgentes, desejosos de liberdade: pisar o Uruguai era o símbolo de vitória final neste dia em que, olhando para trás, tantas vezes estivera perdido. Não era pomposa a divisa entre os países: nada mais que um canteiro central dividindo duas pistas empoeiradas e coberto de barracas de mercadores ambulantes, onde, ao longo de todo o dia, estes ofereciam brinquedos e CDs, bijuterias e perfumes menores, enfeites e pequeninas tevês mal sintonizadas. Agora, as barracas estavam fechadas; alguns ainda permaneciam por ali, recolhendo mercadorias. Otávio postou-se naquele meio da avenida, ao lado de um cachorro que dormia em cima de uma lona, e suspirou fundo: estava livre. As duas crianças atropeladas (grudados em seus olhos os olhos da menina), a barreira policial atravessada a esmo, o carro roubado, as placas furtadas, o golpe definitivo na nuca do velho – para tudo haveria saída, em todos os problemas conseguiria pensar, tendo a necessária presteza. Olhou para o lado uruguaio, escorrido ao longo da avenida, e havia algumas lojas boas de comércio livre (da outra vez, haviam comprado uísque e perfumes, ele e Claudia); no mais, eram pequenos estabelecimentos, iguais aos de todos os lugares:

farmácia, bazar, banca de revistas, sorveteria, restaurantes – todos oferecendo a melhor *parrilla* do Chuy. E havia também as casas de câmbio, fechadas naquela hora, visita obrigatória para o dia seguinte, quando trocaria por pesos os seus reais e poderia seguir viagem, enfronhando-se no Uruguai e na segurança. Do lado brasileiro, o mesmo comércio miúdo; mas, em vez das sofisticadas lojas de atendimento aos turistas que passavam de Montevidéu a Florianópolis e de Porto Alegre a Punta del Este, havia diversos baratilhos de roupas, vendendo por preços módicos as marcas mais caras do mundo. Eram lojas enormes, lisas e despreocupadas de qualquer beleza; quem as procurava olhava os preços.

Havia, ainda, algumas lojas abertas no lado brasileiro, e Otávio achou que seria necessário comprar roupas emergenciais, até porque pareceria estranho chegar ao hotel sem qualquer bagagem. Depois disso, buscaria qualquer lugar onde pudesse dormir seguro, tomaria um banho que lhe tirasse poeira e peso, comeria algo, e nada mais. No dia seguinte, quando as casas de câmbio abrissem, trocaria dinheiro e pegaria o primeiro ônibus que o entrasse no Uruguai – Montevidéu, Punta del Este, alguma cidade mais próxima, a decisão seria tomada de acordo com os horários dos coletivos. Estava decidido: às vezes, as coisas podem ser simples.

Se pudesse escolher, não compraria nada na loja em que entrou: caixas e caixas espalhadas e todos os tipos de roupa, armarinhos gastos numa existência sem qualquer elegância, as paredes altas e acinzentadas pelo tempo, o parquê antigo no qual já não se podiam contar os tacos faltantes, o dono em mangas de camisa atrás da caixa registradora, como se fosse parte de um cenário, a garota de pele de azeviche e fala espanholada perguntando se poderia ajudá-lo em alguma coisa. Mas não tinha escolha: as boutiques de Porto Alegre estavam mais longe do que nunca.

– Quero, sim – respondeu à garota. – Vou levar um moletom, duas camisetas e um par de tênis. E também meias e roupa de baixo. – Otávio Augusto achava deselegante a palavra cueca, especialmente na frente de mulheres.

– Cuecas? – perguntou a vendedora, e seu sotaque fronteiriço conferia certa sonoridade musical à palavra.

– Isso.

Não demorou muito a escolher as peças que lhe servissem para esta noite e o dia seguinte. Duas camisetas pólo, uma amarela e a outra bege, moletom cor de telha que combinava com ambas, dois pares de meias soquete brancas, pacotinho contendo cinco cuecas de cores diversas e um par de tênis em promoção, anunciado pelos cartazes como o melhor sistema de amortecedores do mundo. Comprou tudo sem experimentar, apenas medindo as peças junto ao corpo, porque tinha pressa em sair dali. Nem sequer os tênis foram calçados, mesmo porque Otávio Augusto tinha alguma vergonha do estado de suas meias.

– Faço pacote? – perguntou a morena.

Depois de pensar um pouco, respondeu que não. Melhor: decidiu comprar uma sacola de náilon, onde todas as roupas coubessem, a fim de que chegasse ao hotel com a bagagem livre de suspeitas: papéis na valise e o novo guarda-roupa dobrado na bolsa recém-composta. A garota lhe ofereceu três modelos, feliz com esta compra substanciosa em fim de expediente, e Otávio escolheu o mais sóbrio, acinzentado com detalhes pretos, no qual a marca era apenas assinatura e não a parte principal.

– Bonita bolsa – concordou a vendedora, enquanto levava as mercadorias à caixa registradora, onde o dono, exercitando seu sorriso de todos os dias, apenas aguardava. O homem somou as compras e, ao final, resolveu dar dez por cento de desconto ao cliente.

– Aí volta outra vez – comentou –, fica freguês – o mesmo sotaque, a mesma maneira; as fronteiras têm línguas próprias.

À saída, repleta a nova mala, Otávio lembrou-se de perguntar onde ficava o ponto de táxi mais próximo. Ao lado da rodoviária, respondeu a vendedora. Andou até lá pelo quarteirão quase vazio, contrafeito; voltar uma quadra adentro no Brasil não era programa de suas preferências. Mas era a quadra final, tranqüilizou-se: em minutos estaria instalado no Uruguai.

Havia apenas um táxi no ponto, e seu estado não autorizava confiança em qualquer corrida maior: além do pó que se instalara há tempos nos bancos e no painel, grandes vazios enferrujados enfeitavam a lataria, e o pára-choque dianteiro prendia-se ao automóvel através de definitivo nó de arame. Mas o carro serviria bem para a meia dúzia de metros que o separavam de qualquer hotel mediano uruguaio.

– Às ordens, patrón – prontificou-se o motorista, o sotaque ainda mais aceso que o dos outros, enquanto abria a porta para que Otávio colocasse a bagagem no assento traseiro. O homem era gordo e combinava em asseio com o resto do automóvel. A camisa puída meio desabotoada permitia entrever a considerável medalha dourada em seu peito, e um boné de aba encardida escondia a calvície em que sobreviviam apenas raros fios de cabelo gris. Na boca, o canino de ouro fosco não era muito mais amarelado que os outros dentes, cobertos por uma capa antiga, sarro de fumo e café. O tipo de homem com quem a gente prefere falar de longe, imaginou Otávio.

– Me leva prum hotel bom no lado uruguaio.
– Lá é mais caro, patrón – informou.
– Eu sei. Mas é pra lá que eu quero ir.
– O senhor que manda – respondeu o homem, enquanto ligava o carro e enchia a noite com um ruído metálico e desigual. – Le vou levar no melhor de todos. E se quiser tentar a suerte tem um cassininho funcionando.
– Não. Prefiro um lugar mais sossegado.
– Sin problema. Le levo em outro quase tão bom – e seguiu pela avenida central, entrando no Uruguai não mais que três quadras; tudo era próximo. Da loja onde estivera até a frente do hotel, pensou Otávio Augusto, seriam poucos minutos de caminhada. Mas chegar de táxi era mais confiável.

O hotel ficava numa esquina, que unia a avenida a uma arenosa praça de brinquedos. Enquanto Otávio preenchia a ficha, a atendente – uma loira miúda, mal colocada dentro de um conjunto de saia e blusa marrons, com o logotipo dourado do estabelecimento –, em discurso medianamente ensaiado, louvava o lugar, os quartos e a localização.

– Perto de tudo e con todo lo conforto – comentou ela, num português quase correto, não mais carregado que o dos brasileiros do lugar. – E, se quiser olhar novela brasilera, o quarto tem cable TV.

Otávio devolveu-lhe em silêncio a papeleta de registro, preenchida com dificuldade. A mulher conferiu-a, atenta, verificando a procedência do novo hóspede.

– O senhor ven de Porto Alegre? Já estive lá, una vez. Muito linda, la cidad, muito linda.

– É – concordou Otávio, lembrando-se de Claudia.

– E el rio, como é o nome dele? Guaíra, Guaíva... Guaíba!

– Isso. Guaíba – respondeu ele, só para dizer algo.

– El pôr-do-sol do Guaíba es una coisa muito linda – comentou a mulher, com ar saudoso, olhos cheios de lembranças boas.

– É. Muito lindo – concordou de novo. Quando voltasse a Porto Alegre, precisaria olhar esse tal de pôr-do-sol, um dia: todo mundo falava nisso.

O apartamento não tinha qualquer luxo maior, mas era bastante razoável. Ar-condicionado, frigobar, tevê a cabo, a desnecessária escrivaninha e as duas utilidades mais frementes à noite de Otávio: o chuveiro bem ajustado para um banho quente e a cama macia, coberta por lençóis brancos. Sentou-se na cama, examinando a maciez do colchão, e, ao olhar o relógio, percebeu que já passavam das nove e meia. Deus meu, não comi nada que prestasse em todo o dia, lembrou, enquanto percebia repentinamente o vazio que, há horas, furava seu estômago. Nada: só um café da manhã na corrida, um bife de carne desconhecida, algumas balinhas e inacreditáveis pipocas doces. Precisava comer algo melhor. Decidiu banhar-se e descer a qualquer dos restaurantes próximos, para um jantar solitário e descansado na segurança uruguaia (ainda que os olhos de morte da menina). Comeria rápido e voltaria ao hotel sem demora; no quarto, tomaria uma cerveja com a televisão ligada, ao tempo em que esperasse a chegada do sono, usufruindo o alívio de estar fora do alcance da polícia. Pediria que o acordassem bem cedo, pela manhã, e, descansado, saberia como agir. Tudo planejado – estratégia, sempre. Os passos bem dados: não havia como voltar atrás.

A água era tépida, farta. Quando saiu do banho, envolto numa gasta toalha alaranjada e com o logotipo do hotel bordado no canto, olhou-se no espelho e viu o reflexo de um homem renovado: a crosta irritante de poeira havia desaparecido, a massa pastosa e suja do gel dava lugar a um cabelo renascido, os olhos retomavam o brilho de vida. Na valise, por precaução, Otávio Augusto mantinha sempre a pequena *nécessaire*; buscou dali a escova e a pasta de dentes e massageou-os bem, sentindo a limpeza e o bom hálito retomando seus lugares, a doce espuma abundante respingando na borda da pia. Pegou com o dedo outro tanto de dentifrício e esfregou-o sobre a língua; depois, levou água à boca com as mãos em concha e bochechou forte. Secou os restos no canto da boca e, chegando-se perto do espelho, expirou com força; o vidro embaçado respondeu-lhe um cheiro tranqüilo. Estava limpo.

As roupas novas ainda estavam na sacola de náilon. Otávio abriu-a e, naquele instante, as peças lhe pareceram ainda mais feias. Fosse medir as pernas do moletom e, por certo, uma seria mais longa que a outra; reparasse na costura das camisas e descobriria pontos a cerzir; olhasse demoradamente o par de tênis e encontraria marcas de cola nas junções do couro. Mas não faria isso, quando já eram dez da noite e estava perdido no Chuí uruguaio, sem maiores escolhas no campo da moda. Abriu o pacotinho de cuecas, todas elas de um tecidinho bem ordinário, e escolheu a mais clara. Vestiu as calças do abrigo e colocou as duas camisetas sobre a perna, a fim de ver com qual delas o conjunto ficaria melhor; acabou optando pela bege. Depois, vestiu o blusão, ajeitando cuidadosamente a gola da camisa. Por fim, colocou as meias soquete brancas e calçou os tênis, batendo os pés firmes no chão, para que se ajeitassem bem. Olhou para si, vestindo aquele mesmo conjunto inusitado com que enxergava os aposentados fazendo caminhadas diárias nos parques de Porto Alegre, e não pôde conter a risada larga. Os tênis reluzentes eram particularmente engraçados – e surpreendeu-se recordando os prazeres dos sapatos novos nos tempos infantis, o orgulho ardente no caminho para a escola, a certeza superior da inveja dos colegas. Levantou o pé esquerdo e, com o calcanhar, pisou levemente no direito:

– Batizado.

Só faltavam os cabelos. Não havia gel e, pelas roupas que vestia, Otávio considerava bem melhor deixá-los soltos.

Pegou da *necéssaire* uma escovinha dobrável e passou-a rente pela cabeleira, auxiliando os movimentos com a mão esquerda. Passável, acreditou, quando se olhou no espelho. Mas, comparando-se ao Otávio Augusto de algumas horas antes, sentia-se melhor e mais bonito. Pegou a carteira, na certeza de que aceitariam reais em qualquer restaurante – estava a uma quadra do Brasil –, e colocou-a no bolso direito da calça. Pronto.

No saguão, perguntou à loirinha onde poderia comer alguma coisa rápida e consistente. Ela não pareceu entender quando Otávio Augusto falou em consistência, mas deu a resposta que dava aos hóspedes que lhe perguntavam sobre boa comida: a *parrillada* na outra esquina, de frente para a praça, onde as carnes eram tão bastas que comeriam dois.

– E na divisa con Brasil hay outras. Muitas opções.
– Mas este é o mais perto?
– Si. O mais perto.
– Então é lá que eu vou – decidiu Otávio.
– É muito bon. Você vai gostar. Bon apetite. – Era interessante perceber o quanto ela tentava minimizar a dureza áspera de seu idioma, domá-la à suavidade musical do brasileiro.
– Gracias – respondeu, devolvendo a gentileza.

A noite encheu o peito de Otávio de uma aragem boa, benfazeja. Olhou ao redor, e a impressão de faroeste moderno foi ainda mais forte do que antes; o movimento era quase inexistente, poucas pessoas andando sem pressa, as ruas silenciosas em sua escuridão. Parecia não ser a mesma cidade que, ao sol dos dias, abrigava milhares de passageiros que, nos caminhos entre Montevidéu e Porto Alegre, aproveitavam os preços e enchiam de aparelhos e bebidas o resto de espaço que havia em seus carros. Andou até a esquina e, de lá, divisou a placa luminosa do restaurante, rodeada de pequenas luzes amarelas e anunciando a *parrillada* mais completa do Chuy; seguiu pela mesma quadra, sem pressa, desatento às vitrines apagadas das lojas. Do outro lado, num dos bancos da praça, um casal conversava de mãos dadas.

Entrou no restaurante e, enquanto escolhia o lugar sob o olhar solícito do garçom, uma voz atravessou o salão:

– Jeison!

Otávio demorou uns instantes até perceber que o chamamento vinha em sua direção. Era Valdete que, acomodada em mesa próxima à enorme grelha onde fumegavam as carnes e miúdos, erguia-lhe um copo de vinho, brindando o reencontro. O mundo era pequeno, e o Chuí, menor ainda. Sorriu para a amiga recente e, enquanto caminhava em direção à mesa, pensava: sou Jeison.

– Se a gente tivesse combinado, não se encontraria assim tão fácil. Eu cheguei ainda há pouquinho – comentou ela. E indicando a cadeira à frente: – Senta.

Ele puxou a cadeira e sentou-se; não faria mal compartilhar a janta com Valdete.

– Mas teu hotel não fica do lado brasileiro? – ele perguntou.

– Fica. Mas também fica a três quadras daqui – e ela riu, aquele sorriso prazeroso que havia agradado a Otávio e que ajudava a iluminar o verdor de seus olhos. – E eu venho sempre neste restaurante. Já sou freguesa antiga.

– Então deve ser bom – comentou ele.

– Quem sabe a gente divide uma *parrilla*? – as coisas pareciam naturais para esta mulher; ao mesmo tempo, ela fazia com que Otávio, eterno sisudo, ficasse mais à vontade.

– Pra mim, tá ótimo.

– E me acompanhas num vinho tinto?

Ele sentiu o estômago vazio: até comer alguma coisa, pensou, deveria andar leve sobre o vinho, uns goles e nada mais.

– Acompanho – e pediu outro copo ao velho garçom que, a distância tão útil quanto respeitosa, conferia com experiência todos os movimentos do restaurante. O homem trouxe o copo rapidamente – não havia muitos clientes, naquela hora – e encheu-o num movimento generoso. Otávio provou o vinho; era simples, forte, encorpado. Tomou um novo gole, e este desceu abrindo caminhos.

– Bom – comentou. – Eu gosto de vinho forte.

A carne não demorou a aparecer, acompanhada de batatas e pimentões assados com alho, além de uma salada simples de alface e tomate. Otávio serviu a Valdete um pedaço de entrecot, enquanto colocava em seu prato uma porção de morcilha temperada. Levou-a à boca sem pressa, achando que, depois de todo aquele dia, merecia algum prazer.

Val comia com vontade e a Otávio Augusto pareceu que era amiga de bons pratos; talvez por isso a impressão de que pesasse uns quilos a mais. Serviu-se várias vezes, nunca em grandes pedaços, apreciando sempre o sabor novo de cada carne. Enquanto isso, conversava bastante.

– Uma boa comida, uma boa conversa e um bom vinho – comentou. – O que mais a gente pode querer?

Otávio poderia dizer que também importavam coisas como boas roupas e carros, cartão de crédito e amizades nos momentos certos. Mas provavelmente Jeison Pontes, sonhador como a maioria dos escritores, concordaria com Valdete – e a verdade é que a conversa, ajudada pelos humores do vinho, andava bem. O garçom, às vezes, aparecia para renovar os copos e, em pouco tempo, a jarra estava vazia.

– Tomamos outra? – perguntou Otávio, e Valdete concordou. – Amigo, outra! – chamou o garçom.

Ela contava suas vindas corriqueiras ao Chuí e como, depois de todos esses anos, já conhecia os segredos da região e suas gentes. Eram sempre viagens a trabalho, comentou ela, mas em algumas vezes se dava ao luxo de esticar o final de semana, entrando mais fundo no Uruguai e passando uns dias nas praias próximas. Valia a pena dar este prazer para o corpo, brincou. Eram uns povoados pequeninos, Barra del Chuy, La Coronilla, Aguas Dulces, Valijas, Cabo Polonio – reserva de lobos marinhos, onde a lei e as dunas não permitiam chegar de carro comum – e a mais charmosa de todas, Punta del Diablo. Punta del Diablo: seus olhos brilharam quando dizia este nome; por certo, boas recordações a moveriam.

– Punta del Diablo? – Otávio Augusto interrompeu-se enquanto levava um pedaço de carne à boca; havia gostado do nome. – Ponta do Diabo, então?

– Isso. Uns dizem que é porque o mar é perigoso pela região. Mas a maioria diz que é porque a praia tem três pontas. E tem. Bem espaçadas, mas tem. Aí, parece um daqueles negócios do diabo; como é mesmo o nome?

– Tridente – lembrou Otávio.

– Isso. O bom de conversar com escritor é que eles sempre sabem as palavras. – Valdete provavelmente não conversava muito seguido com escritores, mas, à sua maneira, também sabia as palavras. – E o povoadinho é supercharmoso. Durante o ano, não deve ter mais de trezentas pessoas morando. Na maioria, pescadores. – E ela seguia contando desta prainha docemente luciferina, do emaranhado de estradinhas de chão batido, das casinhas brancas com tetos de palha santa-fé, das dunas claras dando o tom da paisagem, do mar que variava de azul a verde sem mudar de beleza, das ruelas que, na temporada, vendiam artesanato em pedra e madeira, conchas do mar e camisetas, da possibilidade de passear na praia à caída do sol e sentir-se um pouco dona do mundo.

– Eu brinco que tem duas Puntas no Uruguai: Punta del Este e Punta del Diablo. Uma é deliciosa porque tem tudo e a outra é deliciosa porque não tem.

– Mas nem um hotelzinho? – perguntou Otávio, enquanto servia, para si e para Valdete, novos copos de vinho. Ele pensava em como as pessoas poderiam divertir-se assim, sem nada.

– Tem hotel, sim. Dois ou três, um até com piscina. Mas o que mais tem é cabaninha para alugar, de todos os tamanhos. Fica bem mais em conta. E é uma delícia – disse ela, sempre com olhos de lembrança; parecia que o desejo de contar o que lhe havia acontecido naquele povoadinho branco só era menor que o de guardar a história para si.

Cabanas baratas, imaginou Otávio. Talvez fosse boa opção para dois ou três dias de bom pensar, o tempo necessário para desenvolver uma estratégia.

– E mercado, tem?

– O suficiente para não morrer de fome. Tem mercadinho, padaria, açougue, farmácia. No verão, tem até lugar para dançar – ela comentou, sorrindo e adendando que adorava dançar.

Otávio tinha dois pés duros para a dança, mas nada impedia que Jeison, descompromissado da realidade, fosse exímio pé-de-valsa, bailarino de ganhar prêmios. E, se podia escrever, também podia dançar – era boa esta brincadeira de inventar a vida de alguém, enchê-la das qualidades e defeitos que melhor lhe aprouvessem.

– Eu também gosto – respondeu, animado pelos copos de vinho. Olhou o vermelho translúcido que escorria lentamente pelas paredes do copo e deu-se conta, sem se importar, da tontura que começava a embaçar-lhe um pouco o olhar e desamarrar-lhe as idéias. – Bom este vinho.

Ela concordou e quis servir-se de novo. Otávio interrompeu-a num movimento atabalhoado, largo demais, pousando um instante a mão sobre a dela, que não conseguiu esconder o breve susto.

– Deixa que eu sirvo – explicou ele. – Os escritores costumam ser cavalheiros.

Valdete riu, aquele riso forte de águas de cascata, e deixou que Otávio a servisse. Ele buscou o jarro com a mão ligeiramente trêmula, tremor de bebedeira inicial, e atrapalhou-se um pouco, derramando gotas de vinho na toalha. Depois, despejou bebida no próprio copo. Uma turvação prazerosa lhe moldava os movimentos e as falas; ele parecia boiar em águas calmas enquanto conversava, certo zunido miúdo lhe enchendo os ouvidos no meio da conversa. Bonzinho este vinho, pensou. E Punta del Diablo também é um lugar bonzinho (para esquecer os olhos de morte da menina).

– Será que tem cabana para alugar em Punta del Diablo nesta época? – perguntou.

– Sempre tem.

Otávio terminou a refeição e pediu *mousse* de chocolate, destas que já vêm prontas em copos de plástico. Valdete não quis doce; apenas um café para, nas palavras dela, fechar com chave de ouro aquela ocasião agradável. À hora da conta, Otávio não a deixou pagar nada – havia visto, no cartazete pendurado na porta de entrada, que o restaurante aceitava moeda brasileira, e estava tranqüilo. Com dificuldade, um pouco pela novidade do idioma e um pouco porque estava tonto e lerdo de pensar, perguntou ao garçom se poderia receber o troco em pesos uruguaios.

– Si, señor. Por el cambio do dia – contestou o velho, sorriso morno de tantos anos, enquanto Otávio lhe estendia uma nota graúda. – Bueno. – E foi-se em direção ao caixa, o caminho tantas vezes percorrido. Enquanto aguardavam, permaneceram em silêncio, ela porque considerava desnecessário falar o tempo inteiro, ele porque não sabia direito o que dizer. Até que, quando o garçom já voltava trazendo os pesos num pratinho de louça branca e duas balas de hortelã, Otávio olhou as mãos de Valdete, postas em dupla serena sobre a mesa, cruzadas uma sobre a outra.

– Bonitas, as tuas mãos. Mãos de cabeleireira.

Ela riu e olhou-as como se recém as descobrisse.

– E o que são mãos de cabeleireira?

– Mãos de quem precisa deixar as outras pessoas bonitas. Mãos delicadas. – Não era Otávio quem dizia aquilo. – Aposto que são bem macias.

A mulher estendeu-lhe as mãos, ainda sorrindo, e ele pôde perceber que não teria perdido a aposta. Alisou-as com a ponta dos dedos e apertou-as suavemente, parecendo testá-las; depois juntou sua palma à dela, por um instante, segundo abrupto de timidez vencida, sentindo o calor meio úmido da outra pele. Mas foi só um momento: Valdete logo as retirou, espécie de jogo de esconde-esconde, as faces coradas de vinho e súbita vergonha. Depois, nenhum dos dois soube o que dizer; ela riu, talvez porque risse sempre, e ele olhou para as balas de hortelã repousando sobre os pesos, apenas para desviar o olhar.

– Vamos? – ele perguntou.

Valdete levantou-se e Otávio percebeu que usava uma blusa larga, esvoaçante, dessas que as mulheres vestem com sabedoria: permitia a menor parte; o restante precisava ser imaginado, brinquedo de sedução. E, quando ele buscou levantar-se, turva e pesada fumaça púrpura atrasou-lhe os movimentos, como se as pernas cambaleantes fossem de outro homem mais fraco, como se a decisão de erguer-se não fosse completa e dependesse da ajuda das mãos. Teve a clareza de perceber que estava bêbado.

– Tudo bem? – preocupou-se Valdete.

– Tudo, tudo bem – respondeu ele, esforçando-se para conter o enjôo que lhe vinha em pequenos golfos, lutando para manter a compostura, procurando as palavras na escuridão da embriaguez – homens de sua posição não podem perder a elegância. Acenou para o garçom apenas para preencher o caminho que os separava da entrada, naquela certeza besta de que todos o olhavam e sabiam que havia bebido além da conta. O garçom respondeu ao cumprimento, dizendo que voltassem sempre.

O ar fino da rua e a escuridão clara da noite tiveram o poder de voltá-lo à constância e certeza. Se desse uma caminhada, decidiu, espantaria esta nuvem que lhe encobria os passos.

– Me acompanha num passeio para fazer a digestão?

Valdete aceitou sem dúvidas o convite, e Otávio teve a sólida impressão – a impressão do macho, gravada há séculos no pequeno saber dos homens, e que a embriaguez tornava ainda mais viva – de que sua companhia a agradava. Bom, conseguiu pensar.

Andaram pela praça sem qualquer pressa, passando sem ver pelo banco onde, ainda há pouco, sentava-se o casal de namorados. A conversa era dessas que pessoas mutuamente interessadas têm entre si, perguntas sobre preferências pessoais e descobrimentos de comunhões aprazíveis, ambos gostando de massas e carnes e detestando grandes movimentos, preferindo música suave e filmes de ação, querendo passar o próximo Ano-Novo em Miami, os sorrisos maduros da mulher e a timidez embriagada de Otávio, e ambos adorando passear na praça à noite (ele, não; Jeison, sim). Não havia qualquer razão maior para isso, mas o fato é que esta mulher o tranqüilizava – talvez pela conversa desinteressada neste dia tão pesado, a segurança com que o mantinha fora das más lembranças, a voz úmida, o riso e os olhos de luz (os olhos de morte da menina). Valdete lhe dava confiança.

Quando já estavam na avenida cujo asfalto malcuidado ligava o Uruguai ao Brasil, ela comentou que este vento meio litorâneo lhe dava um pouco de frio, e Otávio colocou o braço por cima de seus ombros. Fez isso quase sem notar e só o breve tremor de susto da mulher o trouxe de volta. Quis recolher o movimento, mas ela o conteve.

– Obrigada. Fica mais quentinho, assim.

E seguiram caminhando, mas aí já existia mais que a conversa pura; um sentia o calor recente do outro, descobrindo e descobrindo-se, fazendo com que os passos os aproximassem ainda mais como se não percebessem, o braço escorregando e o ombro abrindo-se até que a mão de Otávio roçasse sem querer o início da curvatura do seio escondido, ambos escutando o pulsar mais forte nas veias e dizendo que nada, os dois sentindo o coração perto da boca e tentando não ver, ele e ela percebendo os arrepios e gaguejando normalidades, os dois recebendo licença do corpo e fingindo que não, até que Valdete decidiu que idade era posto e que ao seu lado estava apenas um menino frágil e tímido posando de homem maduro, que nunca tomaria a decisão que ambos queriam, e perguntou:

– Quem sabe a gente continua esta conversa no meu quarto?

O hotel era simples e o casal passou incólume pelo porteiro meio adormecido, que tentava atravessar a noite assistindo a qualquer coisa nos meios dos respingos de uma televisãozinha em preto-e-branco. O quarto estava ao final de um corredor cuja luz precária não deixava perceber o encardido das paredes. E o apartamento, por sua vez, em nada fugia ao conjunto de pobreza malcuidada; pecinha de luminosidade macilenta, na qual a cama de casal ocupava quase todo o espaço, sobrando um corredor estreito cujo espaço era dividido pelo armário de fórmica, cadeira e uma mesinha escolar, que estava ali à guisa de escrivaninha. Ao lado, um banheirinho daqueles que inundam e embaçam o espelho quando se toma banho, apenas uma cortina de plástico, com motivos marinhos e precariamente instalada, a separar o chuveiro da pia e do vaso sanitário. Na cama, por sua vez, o lençol bege e o acolchoado claro davam a impressão de limpeza necessária ao bom sono. A mala de Valdete estava em cima das cobertas, meio desarrumada, e havia um conjunto de saia-e-blusa pendurado no cabide; ela colocou a valise na mesa ao lado, ao tempo em que Otávio pensava se era este quartinho a mordomia que ela se dava nessas viagens muambeiras.

– Senta – disse ela, apontando a cama. – E não repara na desordem.

Otávio sentou-se pesadamente, porque ainda estava zonzo da bebida, e ela acomodou-se ao seu lado, dessa vez sem esconder nada; o peito da mulher fremia, misto de desejo e nervosismo.

E a cama foi o conforto exato de que precisavam.

A mulher mostrou a Otávio, aquele garoto indeciso, o quanto de experiência havia em sua madurez; guiou-o por caminhos insondáveis e desconhecidos, lavorando em seu corpo com movimentos densos e gráceis, buscando mãos e boca, oferecendo mãos e boca; despiu-o com um sorriso verde, brilho refletido dos olhos de floresta tropical em meio à chuva, e ele deixou-se despir com um riso que julgava sensual, mas que era simplesmente meio torto; com este riso ficou enquanto ela tirava da bolsa o preservativo e o vestia lentamente, estudando-o em todos os poros, desvelo quase matronal; depois, ela desvestiu-se sem tempo para desistência e ele pôde perceber que, sim, os anos a haviam pesado em alguns quilos a mais, mas distribuídos a contento, sem evitar os humores do tempo mas amoldando-os aos humores de fêmea; e nua, sem qualquer vergonha, achegou-se ao corpo envergonhado de Otávio, na certeza de saber bem, procurando-o com a mesma verdade com que ele se deixava procurar; ela tomou as iniciativas, levando-o em moveres às vezes lentos, às vezes rápidos, embebedando-o de outra embriaguez que não a do vinho, enfeitiçando-o com propriedades de fada antiga; Valdete enchendo-lhe o corpo de novos e desabridos tremores, o rumor do sangue latejando em todas as veias, os pêlos eriçados de vontade, desta vontade que a mulher domava e manejava com doce maestria, indo e vindo sem pressa, visitando-o com todas as partes do próprio corpo, engolindo-o e devolvendo-o; ele se entregava aos jogos da mulher e tentava jogá-los também, embora seus movimentos duros ainda precisassem do necessário amadurecimento, as estocadas secas pensando que era só isso; Valdete o freava com sabedoria, transformando em prazer a força bruta de juventude do parceiro; até que conseguiram o ritmo das entregas mútuas, ambos sabendo mais e melhor um do outro, Otávio Augusto descobrindo, em meio à embriaguez redobrada, que nunca se havia entregado assim a uma mulher, no mesmo momento em que seu corpo decidia que já não agüentava mais tanta delícia e se espargia num jorro sólido e demorado nas paredes lisas e finas de borracha; e ela, que parecia estar só esperando por aquilo, mordia um grito no meio da garganta e o aprisionava num abraço perniaberto, tremendo inteira e querendo retê-lo no fundo, enquanto o brilho esverdeado de seus olhos desaparecia por instantes num desmaio fugaz.

Otávio Augusto deixou que a mulher saísse de si e, lasso, acomodou o corpo na clareza dos lençóis, enquanto Valdete aconchegava mansamente a cabeça em seu peito, sem que isso o incomodasse. Era diferente esta mulher, pensou, ainda incentivado pelos copos de vinho grosso que o fino vento da noite não conseguira secar. Uma mulher que o escutara e falara como se fossem amigos antigos e que, logo depois, se abrira assim tão docemente e sem qualquer interesse, era alguém especial – e sentiu que depositava nesta desconhecida uma confiança que não se explicava em palavras, apenas precisava ser bem sentida. Confiança tamanha que o autorizava, neste relaxamento completo que sobrevem ao amor, a repartir a verdade que, depois de tudo, ainda o incomodava tanto. O fato é que precisava dividir com alguém a história longa e penosa de seu dia; Valdete era a pessoa certa para ouvi-lo.

E foi aí que, encorajado pela força do vinho e do sexo, decidiu contar-lhe toda a verdade.

Contou tudo, sem esconder qualquer detalhe: como havia atropelado as crianças (não falou do olhar de morte da menina), furado a barreira policial embalado pela fumaça esgazeada do cigarro, roubado um carro e se livrado do antigo dono, as placas, o caminho todo construindo a fuga, o enguiço do Passat na imensidão do Taim, a espera pelo ônibus, o encontro com Valdete e o nascimento impensado de Jeison Pontes. Por isso estava indo ao Uruguai, afirmou: para pensar bem no que fazer. A mulher escutava tudo sem dizer qualquer palavra, nua e muda ao seu lado, olhos fixos em algum ponto nubiloso do teto, e apenas seus murmúrios esparsos e incontidos deixavam perceber alguma reação. O silêncio da mulher pareceu a Otávio aprovação silente, o assentimento aos seus motivos, o consentimento a que seguisse adiante em sua história – e ele sentiu-se bem com isso, tentando organizar o torpor de suas idéias. Aliviava-se Otávio, parecia que expiava parte de sua culpa pelas palavras.

Foi só quando terminou a história e colocou o ponto final em toda a narrativa, que Otávio Augusto teve coragem de olhar para a mulher ao lado. Valdete não se mexia, estava em suspenso. Ela permaneceu assim, o olhar fixo, ainda por uns instantes; depois, levantou-se, e apenas o olhar mais acurado conseguiria perceber que tremia. Vestiu a roupa de baixo como se não houvesse escutado nada, e nessa hora Otávio percebeu que talvez houvesse cometido um erro. Depois, ainda em silêncio, colocou a blusa e as calças, sem qualquer cuidado, sem atenção à aparência, como se simplesmente buscasse ficar pronta. Por fim, apenas quando terminava de calçar os sapatos, é que resolveu dizer alguma coisa:

– Tu é doido, menino – as palavras como rojões estourando nos tímpanos de Otávio. – E agora eu vou chamar a polícia.

Não ia, decidiu ele. Ninguém ia chamar a polícia – não tinha vindo até aqui, chutando para o lado todos os empecilhos, para terminar preso na delegacia do fim do mundo. Não: nem Valdete nem ninguém tinham o direito de chamar qualquer polícia, interromper-lhe a fuga, atrapalhar sua história. Pensou isso enquanto pulava em direção a ela, desengonçado e triste em sua nudez, e agarrava-a pelos ombros sem dizer nada, como a perguntar-lhe onde a confiança, onde aquela mulher genial que ainda agora conhecera. Ela empurrou-o com um safanão decidido:

– Tira a mão de mim, senão eu grito.

Ninguém podia gritar, conseguiu pensar Otávio. Depois, não pensou mais: uma escuridão densa e a renascida embriaguez guiaram todos os seus movimentos, enquanto puxava Valdete em direção à cama com uma força que nem sequer imaginava ter. Ela soltou um grito que se tornaria longo e atravessaria perigosamente as paredes, se ele não o houvesse contido com a mão espalmada, quase um tapa surdo na boca da mulher. Depois, no mesmo gesto, puxou o travesseiro sobre o qual ainda há pouco se recostara tão prazerosamente e apertou-o contra o rosto de Valdete: ela não podia gritar, não podia gritar. A mulher tentou se debater, mas Otávio montou por cima de seu corpo e segurou-a firme com as pernas, como se disso lhe dependesse a vida. Jogou seu peso sobre aquela massa que o socava nas costas, sem muita direção, e apertou os lados do travesseiro, a fim de que Valdete não gritasse. Apenas segurou, firmando-se sobre a mulher e impedindo-a de espernear, agüentando nas espáduas os socos que iam ficando mais e mais fracos, mais e mais espaçados, menos e menos vivos. Permaneceu assim por sabe lá quanto tempo, até que os braços da mulher caíram inermes sobre o lençol e não se notava mais qualquer movimento sob o travesseiro. Para que não houvesse qualquer problema, segurou a almofada ainda alguns segundos, meio minuto, e depois o puxou contra o peito, apenas para divisar a calma recobrada de Valdete.

Mas não era calma o que havia. E, quando se levantou, deixando livre o corpo da mulher, o braço caindo morto ao chão deu-lhe a certeza renovada de que estava fodido.

.

Tragédias têm, ao menos, o poder de curar bebedeiras. Voltaram os olhos de Otávio naquele instante, certos de que enxergariam o mal: o corpo inerte da mulher, o rosto ainda vermelho da definitiva falta de ar, as boas mãos transformadas em peso estanque, a lividez se instalando nos lábios, o verde escapando e dando lugar ao cinza nos olhos entreabertos. Matei a mulher, disse ele para si mesmo, a fim de que o som da voz o ajudasse a entender. Caralho, matei a mulher, repetiu, num grito baixo e agônico, enquanto passava as mãos em desespero no rosto e torcia para que, quando as baixasse, a cena não estivesse mais ali.

Mas estava.

Ele esfregou outra vez o rosto, massageando esta dor de cabeça que voltava, quase selvagem, buscando dar-se uns segundos para pensar. Quando teve os olhos livres novamente, já voltara a si e repetia aquilo que os professores da faculdade lhe haviam ensinado: estratégia, sempre. Os passos bem dados, porque não se pode voltar atrás. Estava frio, era o Otávio de sempre, precisando sair dali e ir para o Uruguai. Mais do que nunca.

Recolheu as roupas que a mulher, ainda há pouco, havia atirado sobre a mesa e vestiu-as com rapidez. Depois, calçou os tênis, enquanto olhava o corpo estendido de Valdete e desejava, tênue fiozinho de esperança, que ela recomeçasse a mexer-se – mas nada. Antes de sair, procurou pelo quarto, a fim de ver se não estaria esquecendo por ali nada que o culpasse, mais adiante – sem sequer lembrar-se de que não havia nada a esquecer. Pegou a bolsa da mulher, cuidadosamente acomodada no encosto da cadeira, e achou que não ficaria pior se pegasse o dinheiro que havia lá dentro. Eram cento e vinte dólares, em notas pequenas, que ele recolheu ao bolso do moletom, enquanto pensava na miséria dos lucros daquela muambeira que jazia ao seu lado, corpo cada vez maior no quartinho tão apertado. Talvez sobre estes cento e vinte ganhasse outro tanto igual, e era isso. Mas eram de valia neste tempo de emergência.

Desceu apressado as escadas e passou pelo porteiro sem olhá-lo, a mão escondendo o rosto a fim de que este também não pudesse vê-lo. Nem soube se o homem continuava em seu meio-sono, a televisão ainda sintonizada no chiado constante. Quando chegou à rua, correu. Não havia muito o que fazer – apenas sair do Brasil o mais rápido possível, transpor a fronteira invisível em passadas largas, cruzar sem ver e ser visto pelas raras pessoas da madrugada. Correu três quadras sem pensar e sem descanso; apenas quando chegou à esquina uruguaia do cassino e sentiu-se internacionalmente protegido, é que diminuiu o passo, até porque precisava chegar recomposto ao hotel. Andando rápido, atravessou a praça em frente ao restaurante e, a uns vinte metros da portaria, deu uma breve parada; respirou fundo duas longas vezes e passou de novo as mãos sobre o rosto: estava pronto.

Entrou no hotel como se nada houvesse. A recepcionista loira preenchia uma revista de palavras cruzadas, atenta ao desafio em sua frente, e assustou-se quando Otávio tocou o sino do balcão.

– Fecha a conta, por favor – ordenou ele.

– Señor? – a mulher pareceu não entender o que o cliente dizia.

– Fecha a conta, moça, enquanto vou no apartamento arrumar minha bagagem – e, lembrando o detalhe, enquanto já se encaminhava. – Não peguei nada do frigobar.

Subiu ao quarto e jogou as roupas sujas dentro da sacola de náilon. Depois foi ao toalete e lavou o rosto e as mãos, tentando tirar delas os fios desta nova morte. Bochechou um pouco e sentiu ânsia de vômito – o vinho, as carnes, a mulher, a corrida –, mas controlou-se antes que o gosto acre lhe subisse à garganta. Pasta e sacola na mão, desceu à portaria, menos de cinco minutos depois de subir.

A recepcionista o aguardava com a ficha pronta e nem parecia surpresa. Talvez isso nem fosse tão raro, pensou Otávio. Apresentou-lhe a conta, sorriso constrangido, como se tivesse vergonha de cobrar a diária por uma noite não dormida. Ele pegou a papeleta e conferiu o valor.

– Posso pagar em dólar? – perguntou.

A loirinha assentiu, num aceno breve. – Si, señor.

Otávio alcançou algumas das notas recém-furtadas e pediu o troco em pesos. Ela foi ao escritório, uma parede atrás, e voltou com um punhado de cédulas uruguaias.

– Tem táxi a esta hora?

– Como no, señor. Na avenida Brasil, perto del cassino. Toda a noite, hay.

– Obrigado – ele disse, enquanto já pegava a minúscula bagagem e se dirigia à saída. Deu alguns passos e parou no meio do saguão – melhor inventar qualquer história rápida para afastar desconfianças.

– É que minha namorada chegou de surpresa e está num hotel do lado brasileiro. Estou indo para lá.

– Namorada? – ela pareceu não entender a palavra.

– Namorada, isso. Minha mujer. – Otávio atropelava o espanhol com sua pronúncia rudimentar.

– Ah, sim. Su novia – compreendeu a moça, sorriso cúmplice de quem entendia e concordava.

– Novia. Isso mesmo – concordou Otávio Augusto, enquanto retomava o caminho e sumia, depressa, em direção ao táxi.

O carro padecia da mesma idade malcuidada da maioria dos automóveis que circulavam por ali. A ferrugem aparecendo em lugares impróprios, os consertos feitos à mão livre nos fundos de casa, a poeira incrustada – se pudesse escolher, Otávio buscaria outro. Mas, naquela madrugada urgente que vivia, não podia dar-se ao luxo de esperar mais nada. Bateu na janela, interrompendo o cochilo do motorista, que abriu o vidro e os olhos ao mesmo tempo.

– Buena noche – disse o homem, voz meio adormecida.

– Boa-noite. – Otávio achou bom marcar logo sua condição brasileira, a fim de passar ao outro o esforço da compreensão, enquanto acomodava as bagagens e a si mesmo no banco de trás.

– Para onde? – perguntou o motorista.

Otávio não levou mais que um segundo para decidir:

– Punta del Diablo.

– Señor, a esta hora le vai custar caro.

– Eu sei.

– É una viagem.

– Eu sei.

– E tengo que le cobrar adiantado.

– Não tem problema. Quanto fica?

O homem pensou um pouco e informou o preço, em dólares e pesos. Otávio buscou o dinheiro na carteira, mal encaixada no bolso fofo das calças de abrigo, e estendeu-o ao outro, que examinou as notas antes de guardá-las no porta-luvas.

– Bueno, vamos.

– Que horas são? – perguntou Otávio Augusto, como se quisesse marcar na memória o tempo exato em que, finalmente, se encaminhava à liberdade sem medo.

– Duas e quince – o homem olhou no relógio no pulso esquerdo, enquanto com a mão direita já ligava o carro. – En uma hora e pouco, estamos lá. Pasamo a aduana e direto, sempre.

A aduana, pensou Otávio, era o último empecilho. Mas nada ia dar errado; não podia voltar atrás, decidiu, enquanto o carro seguia adiante, na marcha que lhe permitiam os anos e o caminho.

A alfândega era um posto adormecido com luzes acesas no meio da noite. Não havia nenhum movimento e apareciam apenas três agentes; talvez não houvesse outros na madrugada. Isso era ruim, considerou Otávio: mais tempo teriam para prestar atenção a este insólito turista que, de táxi e mal afeitado em trajes esportivos, lhes interrompia o filme e o café com que combatiam o sono.

Mas foi rápido. Talvez porque quisesse voltar logo à televisão, o gordo alto e engravatado que veio atendê-lo nem sequer o olhou com maior agudeza. Apenas pediu documento de identidade, examinando com cansada experiência a carteira que Otávio lhe depositara à frente; depois entregou ao viajante a ficha de entrada para preencher.

– Tiene que mantenerla, señor. No la pierda.

– Sim – respondeu Otávio, cravando uma cruz no item *outros* no espaço destinado ao motivo da viagem. Não eram turismo, nem estudos, nem negócios; enfim, eram mesmo outros os motivos que o levavam ao Uruguai.

– Que vaya bién, amigo – acenou o agente, enquanto Otávio já saía do prédio, controlando a vontade de gritar de alívio.

Quando entrou no táxi, caminhos livres à frente, lembrou-se do cansaço quase inacreditável que sentia. Precisava repousar e evitar maiores conversas com o motorista, porque já não tinha cérebro para inventar respostas. A viagem passaria mais rápido se dormisse, decidiu.

– Amigo, vou dormir um pouco. Me acorda quanto chegarmos a Punta del Diablo.

– Si, señor. Le incomoda se escuto rádio?

Otávio respondeu que não, e as versáteis ondas sonoras de La Coronilla FM encheram o carro num volume suportável, parte em espanhol e outro tanto em português. Não demorou muito: em minutos, o tremor macio do carro pisando na rodovia e a voz de Ruben Rada cantando um candombe começavam a embalar o sono chegante do passageiro, e nem a fugaz imagem dos olhos de morte da menina conseguiu espantá-lo.

Acordou ao chamado do motorista, pensando que apenas alguns minutos haviam passado. Mas já estavam chegando, deixavam naquele instante a Ruta Nueve e se preparavam para cruzar à esquerda, em direção ao mar, por uma estrada de asfalto malcuidado.

– Uns quilómetros e estamos lá. O señor fica onde?

– Bem no centro. Vou caminhar um pouco – respondeu Otávio, porque não tinha nada mais a responder.

Quando o carro entrou na escuridão da estrada, Otávio teve um instante de apreensão – aquele que todos os viajantes têm quando encontram o lugar adormecido, na sua primeira chegada. E a paisagem era deserta: no cruzamento, havia algo parecido a uma padaria e mais duas ou três casas escuras; depois, nada mais. Mas foi breve a cisma: estava chegando onde havia escolhido chegar. Um passo bem construído após o outro, pensou: não se pode voltar atrás. O camping, a pousada, outras casas no caminho e algumas luzes espalhadas apagaram em definitivo a inquietação. Estava tranqüilo quando, às três e quinze da manhã, chegou àquilo que se poderia chamar de centro do povoado.

Valdete não exagerara. O táxi deixou-o em determinado espaço vasto que, à luz do dia, talvez fosse a estrada principal, mas que agora era apenas um largo de terra dura e esburacada, ladeado pelos postes de iluminação pública e por pequenos e desparelhos prédios de madeira clara: mercado, padaria, dois armazéns, um restaurante, o boteco em cuja frente havia telefone público e onde estacionavam os ônibus infreqüentes vindos de Montevidéu. Os únicos prédios de tijolos eram o da polícia e, mais abaixo, o minúsculo posto de saúde geminado a outro armazém, em cuja área cimentada pareciam dormir todos os cachorros da região. De gente, ninguém – apenas um guarda que, escutando o motor do táxi que partia, assomou-se à janela da chefatura e saudou o recém-chegado com um aceno solene, voltando logo após aos seus afazeres.

À falta de onde ir, Otávio resolveu descer pela estrada que parecia seguir em direção ao mar. Andou sem pressa, na certeza de que até a manhã nada aconteceria; quando esta chegasse, alugaria uma dessas cabaninhas brancas que pontilhavam os morros arenosos, tomaria um banho e dormiria numa cama macia até o sono pedir para ser acordado. Depois, limpo e novo, saberia pensar. Mesmo sem pressa, não demorou muito; eram poucas centenas de metros até o mar. Descendo pela avenida de terra, passou por novo tanto de restaurantes fechados e outra padaria; depois, a ruela estreita que ladeava o mar era cingida por barraquinhas nas quais, de dia, eram expostos aqueles artesanatos de conchas que se encontram em todas as praias, pulseiras e gargantilhas de contas coloridas, móbiles de arame retorcido, saias leves e blusões pesados, sandálias de couro em modelo universal, pastéis de queijo e de goiabada, fritadas de peixe e Coca-Cola. A pequena avenida respirava um ar triste naquela madrugada, mas se encheria de gente e burburinho nas últimas horas da manhã. Agora, sozinho, ele ouvia o rumor do mar que se abria ao seu lado, iluminado pela face úmida da lua, enquanto andava em direção às pedras nas quais terminava a avenidinha.

O pedregal era ostentoso e dividia em duas as praias de Punta del Diablo; talvez fosse a ponta central do tridente. O vento soprava cheio no alto das pedras. Havia por ali alguns pescadores silenciosos, que dividiam com a estátua de José Artigas a condição de testemunhas da passagem da noite. Atentos aos sinais rijos das linhas, nenhum deles prestou maior reparo àquela figura estranha que chegava carregando uma valise executiva e uma bolsa de náilon, tropeçando seu caminho passo a passo. Porque não estava sozinho e ninguém lhe perguntaria nada, Otávio decidiu ficar ali. Acomodou-se no vão de uma pedra grande, abrigado do vento, e colocou as sacolas no chão, servindo de travesseiro. Depois de cobrir-se com o casaco amassado que ainda ontem era traje italiano, recostou nelas a cabeça, deitando-se pela metade e decidido, simplesmente, a deixar o tempo passar.

O OUTRO DIA, NO RIO GRANDE

Os jornais de Porto Alegre não deram muita importância ao atropelamento da Osvaldo Aranha, no dia anterior. Na televisão, não saiu nada. Um programa de rádio matinal, desses em que todo mundo é vítima, dedicou alguns segundos de sua minutagem narrando a notícia, mas nada além.

Talvez porque não tenha havido mortos. Em suas breves notas, informaram os jornais que o menino e a menina atropelados, vizinhos e estudantes da mesma escola, foram socorridos por populares e levados ao Hospital de Pronto-Socorro, onde foram atendidos. Além das feridas e arranhões, a garota havia fraturado um braço e duas costelas, enquanto o menino escapara dessa apenas com a perna esquerda quebrada. O estado de ambos era regular, sem previsão de alta.

Todos os jornais afirmaram que o atropelador fugira sem prestar socorro, mas houve diferenças de informação quanto ao carro. Nenhuma testemunha soube afirmar, com precisão, sua marca e cor. Uma falou que parecia cinza metálico e podia ser desses conversíveis, outra achava que era preto, bem grande. Um policial entrevistado afirmou que, dada a ausência de elementos, tratava-se de caso com difícil solução. O apresentador do programa de rádio comentou que aquilo era uma barbaridade e precisava haver pena de morte para quem atropela e foge sem prestar socorro. Depois, chamou os comerciais.

Internado no hospital de Guaíba e sob os cuidados da mulher (que achara melhor não avisar a filha em São Jerônimo), Idalino se recuperava bem do golpe recebido, mas não do baque psicológico. Sofrendo dores ferozes na nuca, o maior incômodo físico, entretanto, eram os lanhaços que haviam se avolumado à medida que se arrastava, nu e tonto, em direção à estradinha e ao necessário socorro. Fora socorrido pelo motorista de uma caminhonete que o enxergara deitado à beira do caminho e desmaiara novamente, tão logo se sentira salvo. Só acordara no hospital, tubo de soro enfiado no braço magro e a esposa rezando ao seu lado, olhos descarnados de tanto choro.

O terrível é que, por mais esforço que fizesse, não conseguia lembrar-se do rosto de quem lhe havia feito tanto mal. Era uma mistura de medo e velhice, aliada à vontade de esquecer tudo. O tempo do pavor era, agora, uma massa branca e espessa em sua memória. Meio sedado, ainda no dia anterior, ouvira o médico comentando com os policiais que vinham interrogá-lo que estes lapsos eram comuns e talvez ele jamais recuperasse os dados do período. O cérebro quer esquecer, disse ele, enquanto a mulher de Idalino comentava que o importante era estar vivo.

Pela idade e pela crueza dos arranhões, que podem infeccionar e causar problemas, o médico achou melhor deixá-lo em observação por alguns dias. Ainda há pouco, informaram à mulher de Idalino que o Passat foi encontrado próximo de Santa Vitória do Palmar, e ela achou que essa notícia poderia deixá-lo feliz. Mas eles não têm dinheiro para trazer o carro de lá.

Valdete desmaiara por alguns minutos. Consegue lembrar-se: quando soube que não tinha forças, deixou-se ficar, guardando o ar da fúria, e o desmaio veio antes que chegasse a morte. Quando voltara à vida e percebera que o falso Jeison Pontes a deixara sem dinheiro para as compras, tristeza e indignação moveram seu choro.

Mas seus problemas verdadeiros começam agora, porque – ao contrário do que dissera na madrugada – não pode contar nada à polícia. Primeiro, porque o tamanho de sua ficha, recheada de pequenos contrabandos e golpes menores, recomenda que mantenha prudente distância de delegacias em geral. Segundo, porque a história teria que ser contada por inteiro – e o marido lá em Pelotas, ao contrário do pirralho fracote das horas passadas, saberia matá-la bem.

Assim, precisa esquecer tudo. Seu maior problema, agora, é arrumar dinheiro para pagar o hotel e inventar uma boa história que lhe justifique voltar de mãos vazias.

O OUTRO DIA, EM PUNTA DEL DIABLO

Às cinco e meia da manhã, os raios iniciais de sol emprestaram breve cor púrpura ao céu estendido sobre o mar. Otávio não chegara a dormir completamente; apenas cochilara sobre o improvisado travesseiro. Mas a fadiga não o deixara pensar de verdade no assunto. Para desenvolver qualquer estratégia, sabia, é necessário estar bem descansado. Assim, apenas deixara passar as horas, ouvindo o fragor das ondas sobre as rochas e olhando os respingos prateados pelo clarão da lua, a mente branca de tentar idéias.

Quando o sol firmou-se, passavam das seis. Os pescadores já haviam recolhido caniços e linhas, baldes e iscas, sucessos e fracassos. Em seu lugar, chegavam os caminhantes do alvorecer, que acordam cedo para viver mais, saudáveis em seus calções e abrigos esportivos, alguns desafiando o frio das águas nos primeiros mergulhos da manhã. Otávio levantou-se e alongou pernas e braços, adormecidos na dureza da pedra; depois, com alguma tristeza, dobrou o casaco amassado e guardou-o na sacola de náilon. Ia de volta ao centro, talvez já encontrasse algo aberto, vida à qual pudesse fazer as precisas perguntas.

No caminho, pela ruela estreita onde o comércio ainda não começara, notou as cores dos barcos pesqueiros estacionados sobre toras na areia, que a escuridão de ainda há pouco não o deixara perceber. Parou um segundo e olhou: eram obras de arte inocente, desenhos caprichosos e contrastados, largas listas vermelhas, verdes, laranjas, amarelas, azuis, cuidadosamente construídas sobre um fundo branco invariável. Vistos dali, o mar fazendo uma curva suave em direção ao outro dente do garfo e as casinhas claras encimando as dunas, era cartão-postal para vender bem a imagem de Punta del Diablo em qualquer lugar (os olhos de morte da menina: dor que vencera a noite). Mas não estava ali para turismo, pensou, tirando-se da frente daquela beleza que recém acordava e levando seus passos ao necessário.

Havia uma padaria funcionando. Uns raros clientes já compravam pão e doces para o café da manhã e, ao contrário do que Otávio esperava, ninguém estranhou sua figura: havia gente de todos os tipos em Punta del Diablo. Era pequena a padaria e não havia muita variedade, mas pareceram apetitosos os biscoitos e confeitos dispostos nas prateleiras. O dono esperou que Otávio estudasse as bandejas com um sorriso de espera.

– Si? – perguntou apenas.

– Estes, de que são? – quis saber Otávio, auxiliando-se do dedo apontado para uns *croissants* de bom tamanho.

– Mermelada – respondeu o outro.

– Quero dois. E salgado, o que é que tem de bom?

– Todo es bueno, amigo – respondeu o outro, aumentando o sorriso. – Estos bizcochos de queso sán maravillosos.

– Me dá um punhado.

O homem colocou alguns num saco plástico e perguntou se era o bastante. Otávio Augusto fez sinal de positivo e perguntou se havia café. O dono da padaria apontou a prateleira ao lado da porta de entrada, onde havia diversos pacotes.

– Allá.

– Não – corrigiu Otávio, falando devagar, pausado. – Para beber aqui. Com leite.

– Ah – compreendeu o homem. – No tenemos.

À falta de café, Otávio apontou o balcão refrigerado e pediu leite achocolatado, desses que as crianças adoram. E fez um sinal ao dono da padaria que era tudo do que precisava, estendendo-lhe o dinheiro que considerava suficiente. O homem entregou todos os produtos e pegou a nota; depois devolveu o troco.

– Onde tem casa para alugar?

– Para alquilar? – o homem falava devagar, buscando fazer-se entender. – Bueno, hay muchas, y de todos los precios. Hay cabañas, hoteles. Cerca del mar – apontou ao chão, como se a padaria fosse o ponto central de Punta del Diablo.

Otávio olhou para fora e percebeu o burburinho que, vagarosamente, começava a acordar. Não era este o movimento que queria.

– E mais retirado? Eu quero um lugar bem calmo. – Sempre a necessidade de justificar-se.

– Bueno, también hay. Indo hacia la ruta, hay cabañas lejos del camiño. Afastadas y sin barullo, nadie va hasta allá.

Adivinhando as palavras, Otávio conseguiu entender que havia casas retiradas para alugar à beira da estrada que ligava o povoado à rodovia. E, conforme afirmara o homem, poucos iam até lá – solidão era do que precisava.

– E qual a distância até lá?

– Dos... tres quilómetros. Más o menos eso – contestou o padeiro, o olhar inexato.

Três quilômetros, pensou Otávio, eram caminhada suficiente para começar a pensar sério na solução de seus problemas (os olhos de morte da menina, a pancada seca na nuca do velho, o ar dando adeus à vida de Valdete). E eram leves as bagagens que carregava. Iria para uma dessas.

– Gracias.

– De nada.

Otávio passou sem perceber o Centro. Não era caminhada de passeio; era de pensar. Cruzou sem ver os mercadinhos e armazéns que se espalhavam por ali; também não teve olhos para o fliperama básico onde se divertiam os filhos mais aborrecidos dos veranistas, nem para os aprazíveis conjuntos de cabanas, uma igual à outra, alugáveis por temporada, porque estas ainda eram muito próximas do bulício das gentes. Apenas andava pelo canto da rua que começava em simples terra batida e só mais adiante se transformava em asfalto, passos firmes levantando poeira no caminho. Andava rápido e pensava, porque queria chegar logo à cabana e à solução, e pouco atinava na paisagem ao redor, nas pessoas que começavam a rodeá-lo sem notar, no movimento que se iniciava enquanto a manhã subia. Apenas percebeu, isso sim, que não o percebiam, e isso teve o poder de fazer-lhe bem, desanuviar-lhe de um problema a mais. No mais, não tinha olhos para esta Punta del Diablo que não o olhava, porque já começava a pensar sério no que fazer. Andava rápido, andava rápido, trocando as valises de uma mão à outra, relembrando tudo que acontecera e tecendo a estratégia necessária, confrontando pergunta e resposta e verificando que já conseguia pensar, destecer a teia de problemas que lhe enchia a vida desde ontem. Não ficaria mal, não poderia ficar mal. E pela primeira vez em toda a viagem não precisava atrapalhar o raciocínio com a necessidade da fuga, de lugar seguro, não precisava correr e salvar-se: já estava a salvo, e podia pensar apenas em como voltar melhor. Voltar como um moderno e promissor gerente de metalúrgica deveria voltar, sem medo ou humilhações de grades ou algemas. Era só disso que precisava, era isso o que começava a alcançar. Mesmo no asfalto seco, a estradinha levantava pó a cada carro que passava, a areia movida das claras dunas próximas incrustando-se na pele e cabelos – mas Otávio não percebia. Agora pensava, pensava simplesmente, andava e dava-se o tempo: a solução estava a um passo. A um passo. Sem demora, teria claro o que fazer, resposta definitiva a livrá-lo destes pesos. Andando e pensando, olhando sem ver as plaquinhas manuscritas oferecendo aluguel à frente das casas alvas e cobertas com palha de santa-fé, talvez porque ainda não eram longe o bastante, talvez porque ainda não estivesse tudo inteiramente claro e só se permitisse descansar quando já pudesse fazê-lo de verdade.

Outro carro passou, este em direção à praia, o casal e dois filhos madrugadores que acenaram para Otávio sem que ele reparasse – porque pensava, pensava, estava ao lado da claridade, passo após passo, sem sentir o peso leve das bagagens e a calidez do sol que prenunciava dia aberto. Próximo da nitidez, caminho feito ao andar, pensando chegar à casa e à solução ao mesmo bom tempo.

E foi: no instante em que ocorreu o estalo, e a resposta iluminou-se como caminho definitivo, Otávio enxergou a cabana vazia em que certamente queria ficar nestes dias, simples e acolhedora, as portas fechadas aguardando-o no outro lado da estrada.

Naquele segundo luminoso em que descobrira o que fazer e onde ficar, Otávio Augusto começou a atravessar a rua.

Sem olhar se vinha algum carro.

UM INSTANTE EM PUNTA DEL DIABLO

Foi assim.

Não pensava em nada específico o motorista que dirigia o carro em velocidade insana nessa estrada de terra e pedras, onde freios eram de pequena valia. Apenas pisava no acelerador, talvez tentando descobrir os limites do automóvel ou buscando passar sem sentir os buracos que encrespavam o caminho, certo de que nada poderia fazer naquela reta quase deserta – mas nada é mais absoluto que a certeza dos que sabem pouco. Quando prestou atenção, foi pelo baque estanque daquele corpo móvel que, de repente e sem mais nem menos, atravessara a rua sem olhar para qualquer lado e, num instante só, se esparramava inteiro sobre a lataria e o pára-brisa. O andarilho simplesmente cruzara a estrada, como se algo urgente o puxasse e nada mais houvesse, apenas para encerrar o caminho pela metade, monte de ossos e carne que agora subia em pulos vermelhos sobre este carro. Um momento apenas, e já aquele homem grande, enorme,

enorme, estalava seus ossos no capô do automóvel, barulho que se instalava para sempre na memória da manhã. O motorista viu o cotovelo que se abria contra o vidro, ruído estrepitoso igual ao quebrar de taquaras, o susto tardio carimbado no rosto do homem, a sacola de náilon ainda presa àquela mão que adejava acenos finais, a valise de couro que batia com força no capô e que certamente deixaria nele sua marca amassada, o corpo todo do caminhante sendo atirado ao ar sem direção definida, parte subindo e parte descendo, viu a calça de moletom rasgando-se em silêncio contra o limpador do pára-brisas e tingindo-se dum vermelho instantâneo e cru, os estalos secos dos ossos que se rendiam, o homem agora caindo inteiro ao chão feito bloco único e pesado, massa de carne e roupa e sangue e cabelos misturando-se ao asfalto granuloso e dolorido da estrada, que não sairia mais. Viu tudo isso, o motorista, e a cena toda não durou três segundos. Quando procurou o corpo estendido à esquerda do carro, este teve apenas a força esmaecida de olhá-lo: eram olhos de dúvida aqueles que perguntavam o quê, olhos cujo brilho já havia partido e parecia dar lugar a uma turvação mansa e definitiva, olhos que um momento depois já não diziam nada e que o apavorado motorista acreditou, revelação súbita e terrífica, que talvez fossem os olhos da morte.

No instante seguinte, voltando à humanidade, percebeu que não havia ninguém por perto.

E então acelerou.

Este livro foi impresso na Divisão Gráfica da
DISTRIBUIDORA RECORD DE SERVIÇOS DE IMPRENSA S.A.
Rua Argentina, 171 - Rio de Janeiro/RJ - Tel.: 2585-2000